호모삐딱쿠스

Homo

람들

호모빠딱쿠스

위대성
민수연
이인상
이희수

고개가 아주 조금 기울어진 사람들

어깨 위 망원경

이 세상엔 남들보다 아주 조금,
고개가 기울어진 이들이 존재한다.

이 세상엔 남들보다 아주 조금, 고개가 기울어진 이들이 존재한다. 평균적으로 이들의 고개는 일반인들보다 1.8도가량 기울어져 있는데, 그 차이가 너무 미세하여 평범한 사람들은 맨눈으로 구분하기 어려울 정도다. 하지만 고개가 기울어진 사람들은 서로를 잘 알아본다. 그것은 마치 같은 핏줄인 양 동족 간의 거부할 수 없는 끌림이기도 하지만 이들의 타고난 관찰력 때문이기도 하다.

'A=B'라는, 가령 '사과는 과일이다' 같은 단순한 명제를 들었을 때 구석에서 조용히 눈알을 굴린다면 고개가 조금 기울어진 사람일 확률이 높다. 이들은 자칫 미친 자처럼 보일까 싶어 쉽게 말을 꺼내지는 않지만, '저 사과가 실재하는 것일까?', '사과가 과일이란 것은 애초에 누가 정의한 것일까?' 같이 세상 사는 데 별 쓸모없는 질문들에 홀로 둘러싸이곤 한다. 이들을 잘 모르는 사람들은 그저 세상에 불만이 많다고 생각하지만 사실은 그렇지 않다. 사물과 현상에 관한 끊임없는 물음은 타인과 세상에 대한 애정에서 비롯된다. 때 묻지 않은 어린아이들이 끊임없이 질문하는 이유이기도 하다. 게다가 쉽게 무시하고 넘어갈 수 있는 사실도 한 번 더 생각하다 보니 이해심도 높은 편이다. 조금 삐딱하게 기울어진 고개와 입꼬리(a.k.a 썩소) 때문에 가끔 불만 있어 보일 뿐, 알고 보면 누구보다 여리고 정이 많다.

이들의 기원에 대해선 연구자마다 의견이 분분하다. 혹자는 이들이 주로 한국에 포진하는 점을 근거 삼아 주입식 교육의 부작용이 아닐까 짐작한다. 청소년 시절 막대한 양을 암기하느라 뇌에 과부하가 걸렸다는 것이다. 하지만 가장 그럴듯한 분석은 '고대 그리스 시대에 태어나야 했을 영혼들이 시대와 지리적 좌표를 잘못 찍고 태어났다'는 것이다. 실제로 상당수가 그리스 철학을 논하는 것을 즐기거나 하다못해 지중해 음식을 좋아하기 때문에 가장 유력한 기원설로 꼽힌다.

단순함이 미덕으로 여겨지는 시대에 복잡한 사고를 가진 이들의 생애는 꽤 고달프다. 몽상가적인 성향이나 비판적인 태도를 사회가 반기지 않는다는 사실을 이들 또한 잘 알고 있다. 그래서 이들은 자신의 삐딱함을 애써 숨긴다. 그들 자신은 잘 숨기고 있다고 생각하지만, 그마저도 애매하게 티가 나 눈물겹지만 말이다. 밤에는 남들보다 많은 생각과 결투하고, 낮에는 자신의 삐딱함을 숨기기 위해 경계를 늦추지 않는 고단한 삶. 그래서 이들이 머지않아 멸종할 것이란 쓸쓸한 얘기도 있다.

그런 의미에서 자신의 삐딱함을 숨기지 않고 전면에 드러낸 이 책은 '호모삐딱쿠스' 인류사에 큰 의미가 있다. 세상과의 갈등 속에서도 자신의, 타인에 대한, 세상에 대한 삐딱함을 여지없이 표출한 저자 네 명의 삐딱한 시선은 얼마 남지 않았을 이 시대의 또 다른 '호모삐딱쿠스'들에게 큰 감동과 용기를 줄 것이다.

삐딱함이 미덕인 시대를 기다리며

2021.11

저자 일동

CONTENTS.

표정 없는 농담

01

고개가 아주 조금
기울어진 사람들

이럴 때마다 스스로에게 진절머리가 난다. 남들은 당연하게 받아들이는 것을 굳이 어렵게 분석하려고 드는 나의 성격은 대체 어디에서 비롯된 것인지 모르겠다. 이런 답이 없는 고민은 삶을 더 복잡하게 만들 뿐이다.

재수 없다고
말할 수밖에

민수연

재수 없다. 나는 이 표현을 즐겨 쓴다. 만약 신이 내게서 이 표현을 앗아 간다면 나의 언어 세계에는 분명 큰 혼란이 찾아올 것이다.

내가 말하는 재수 없음의 상당수는 사전적 의미의 그것과는 다르다. 사전적으로 재수 없음은 '하는 짓이나 겉모습이 아주 거슬리거나 못마땅한'으로 흔히 떠올리는 그 재수 없는 경우다. 그러나 나의 재수 없음은 보다 다양한 상황과 맥락에서 쓰이고 있다.

예컨대 오늘 아침 엄마와의 대화만 봐도 그렇다. 우리는 얼마 전 내가 엄마에게 읽어 볼 것을 권유한 인테리어 잡지 얘기를 나누고 있었다. 집은 개인의 정체성을 반영한 특별한 공간이어야 한다는 잡지의 색다른 관점과 철학이 최근 인테리어에 관심을 두기 시작한 엄마에게도 흥미로울 것 같았다.

"그래서, 읽어 보니 어때?"

"반쯤 읽었는데 신선해. 집들을 어쩜 그렇게 잘 꾸며? 부럽더라. 그런데 뭐랄까, 음….."

"재수 없지?"

마땅한 표현을 찾지 못해 뜸들이던 엄마는 나의 답변에 공감하며 문장을 이어 나갔다. 엄마는 유행 따라 인테리어를 하는 것이 꼭 나쁜 것만은 아닌데 그런 이들을 싸잡아 폄훼하는 듯한 잡지의 논조가 불편하다고 했다. 개성과 취향이 있는 공간, 물론 좋지만 고가구를 수집하고 직접 내부 설계까지 관여할 여유가 누구에게나 있는 것은 아니지 않느냐는 것이다.

언뜻 보면 우리 대화는 소위 잘사는 사람들에 대한 열등감으로 귀결되는 것처럼 보인다. 이런저런 설명과 생각들을 걷어 낸 후 우리 대화를 한 문장으로 요약하면 결국 '한가한 소리나 하는 부자들 재수 없다'이기 때문이다.

그러나 사실 엄마와 내가 공감한 '재수 없음'에는 생각보다 많은 의미가 숨어 있다. 만족스러운 현재의 형편이 조금씩 곤궁해 보이는 데서 오는 불편함과 불안감, 취향이란 일부분 타고나는 것을 알기에 느껴지는 원초적 허탈함, 무엇보다 물질과 정신적 풍요로움 그사이에서 여전히 방황하는 스스로에 대한 실망감 등. 단순 열등감으로 치부하기엔 너무나 다양한 감정과 상황을 함의하고 있는 것이다. 다만 이를 일일이 열거할 수는 없으니 편의상 '재수 없다'라고 지칭했을 뿐.

벌써 누군가의 멘토가 될 정도로 승승장구한 그러나 그들의 업적이 내 기준 조금 실망스러운 경우 '재수 없는 부류'라 칭하는 것이나 내가 백화점에서 한참을 신중하게 고민하다 손을 벌벌 떨며 구매한 가방을 마치 마트에서 우유 하나 사듯 순식간에 구매하는 풍경을 보고 "재수 없다"고 한 일 역시, 정말 문자 그대로 재수가 없었다기보단 당시의 내 복잡한 감정과 상황을 대변할 적절한 단어와 문장을 찾지 못해서였다. 그러니 내가 평소에 '재수 없다'는 말을 자주 한다고 해서 열등감 가득한 인간이라고 오해하는 일은 없었으면 좋겠다.

그런데 이렇게 보니 조금 억울해진다. 어쨌거나 나는 '재수 없다'는 표현을 포기할 수 없고—아직 그만한 표현을 찾지 못했다—, 나의 사정을 잘 모르는 이는, 아니 어쩌면 나를 제외한 모든 이는 나를 열등감 덩어리로 오해할 것 아닌가! 아니면 정말 내가 열등감이 많은 편에 속하는 것일까? 그렇지만 나는 내 삶에 꽤 만족하고 있고, 스스로 평가하기에 자존감도 높은 편이다. 그것도 아니라면 개인의 내밀한 감정을 나만의 것으로 간직하지 않고 구태여 타인에게 드러내 책잡힐 일을 만든 것이 문제인가?

질문을 거듭하다 보니 본질적 문제는 언어의 한계성에 있는 것이 아닐까 싶다. 어휘력을 높이자 같은 교훈적 얘기를 하려는 것은 아니다. 우리는 모두 언제나 각자의 맥락 속에서 나의, 타인의 언어를 이해할 수밖에 없다. 서로 생각하고 느끼는 바가 1%의 오차도 없이 완벽히 일치하기란, 설령 일란성의 쌍둥이라 하더라도 불가능하니 말이다. 결국 진짜 문제는 내가 내 감정을 정확하게 언어화할 수 없고 상대 역시 내 감정과 표현을 내가 느끼는 그대로 받아들일 수 없다는 데 있는 것이 아닐까? 어쩌면 우리는 평생 서로를 오해하며 살아가는지도 모르겠다.

그러니 적어도 기술이 고도화된 먼 미래, 마치 판타지 영화 속 주인공들처럼 서로의 손만 잡아도 감정이 느껴지는 세상이 오지 않는 이상 나는 갖은 오해를 감수하고서라도 "재수 없다"고 할 수밖에 없을 것 같다. 고차원적인 내 감정을 '재수 없다' 같은 단편적 언어로 말할 수밖에 없는 현실이 문자 그대로 재수 없지만 말이다.

부디 존경은
멀리서 하는 걸로

위대성

평소에 흠모하던, 수년간 성공가도를 달리는 분을 만났다. 나는 설레는 마음으로 악수를 청했다.

"정말 대단하십니다. 꼭 한 번 뵙고 싶었어요."

"과찬이십니다."

그는 멋쩍은 듯 손사래를 치며 조금은 민망한 표정으로 악수를 받아 주었다. 우리는 자리에 앉아 조금 더 긴 인사치레를 나눈 뒤 요리가 나오고 가볍게 잔을 부딪혔다. 내 소개도 할 겸 최근 골머리를 썩힌 일과 그 일을 무사히 해결한 방법도 얘기했다. 그도 끄덕이면서 듣더니 유사한 경험을 얘기하며 공감대를 찾았다. 살짝 형식적으로, 서로를 치켜세우는 모습. 몰입이 시작되었다.

우리는 한 잔씩 주고받고는 상기된 표정으로 대화를 이어 나갔다. 철학과 비전이 등장하고 철인 같은 단단한 마음과 숭고한 이상 그리고 삶의 목적이 이어졌다. 미리 장전한 감탄은 타이밍에 맞춰 불을 뿜었다. 가벼운 린백 자세에 박수갈채는 덤이었다. 노를 젓다 훈풍을 만난 듯, 그의 말이 더욱 빨라졌다. 분위기가 달아올랐다. 이제 내 얘기도 해 볼까? 오디오가 비는 그 순간, 질문을 겸해 다소 현학적인 메시지를 던져 보았다.

오, 생각보다 반응이 괜찮다. 그는 양팔을 테이블에 올리고 살짝 팔짱을 끼더니 고개를 끄덕였다. 일견 좋은 주제라며, 좀 더 깊게 파고들어 보자며 동석자들과 눈을 맞췄다. 반대는 있을 리 없었다. 그는 고양된 표정으로 긴 얘기라면서 새로운 에피소드를 꺼내 들었다. 천천히 허리를 세운 그는 보다 명료하게 표현하고자 조금씩 더 큰 목소리로 말하기 시작했다.

술기운 때문일까? 슬슬 논박거리들이 나타났다. 조금씩 조금씩 대화가 튀기 시작했다. 조금은 이상한 사건과 해석, 그리고 무리한 일처리가 거슬리기 시작했다. 맞장구치기가 어려운 건 나뿐만이 아니었는지 동석자들의 리액션도 줄었다. 그도 분위기가 묘해짐을 느꼈는지, 아니면 내뱉은 말을 담지 못해 민망한 것인지, 순간 고압적인 자세로 동의를 구했다.

"그렇지 않아요?"

아, 못 참겠다. 그냥 끝까지 본인이 마무리하지. 머쓱한 분위기는 건배를 권하면서 넘길 수 있는 건데. 그렇게 물어보면 내 성격상 대답 안 하고 넘길 수 없단 말이야.

"음, 저는 솔직히, 너무 나간 것 같아요."

눈을 마주쳤다. 이렇게 된 이상 피해 갈 수가 없다. 아니, 피해 가고 싶지 않았다. 그가 맞든 내가 맞든, 어쨌든 지금의 나로서는 동조할 수 없는 얘기다. 빠른 템포로 그의 주장을 설파하기 시작했다. 이거 완전 시동 걸렸다. 어느새 등받이와 몸이 떨어졌다. 적극적인 제스처로 두 손이 바빠졌다.

술자리가 어떻게 끝났는지 잘 기억나지 않는다. 대화 내용도 부분 부분 엉켜 있다. 꽤 긴 시간을 보냈지만, 다른 사람들은 몰라도 나와 그 사이에는 생산적인 결과가 없었던 것으로 보인다. 허탈하다. 남는 것이 없다니. 그의 발자취가 너무 멋있어서, 뉴스와 지인을 통해 들은 그의 높은 이상과 진취적인 행보가 너무 멋있어서, 그렇게나, 정말 그렇게나 만나고 싶었는데 말이다.

그는 예의 바르고 겸손했다. 아니, 그는 쑥스러운 척 연기하고 있었다. 그는 매사에 당당하고 확고한 주관을 갖고 있었다. 아니, 그는 옹졸하면서도 고압적인 자세를 갖고 있었다. 그는 훌륭한 인사이트로 세상에 대한 새로운 접근법을 제시했다. 아니, 그는 그릇된 시선으로 우리 사회의 합의를 부정하는 반항적인 가치관을 갖고 있었다.

그가 맞느냐, 내가 맞느냐는 중요하지 않다. 다만 이제 나는 더이상 그를 존경할 수가 없다. 세상을 바꾸는 숨은 영웅인 줄 알았던 그는, 술기운에 승자 없는 싸움을 거는 한낱 필부에 불과했다. 술자리 전의 그와 술자리 후의 그는 천지 차이다. 그토록 흠모해 왔던 내가 우습다. 차라리 만나지 않았더라면, 좋은 기억만 가져 갔을 텐데.

찰리 채플린의 말을 빌려 보자.
위인은 멀리서 보면 영웅이요, 가까이서 보면 필부다.

낭만적이지 않은
사랑 이야기

민수연

"자기 나 사랑해?"

사랑이란 뭘까? 연인들은 어떤 순간에 사랑을 느낄까? 내가 그에게 느끼는 사랑과 그가 나에게 느끼는 사랑은 같은 모양을 하고 있을까? 나는 제대로 사랑하고 있는 걸까? 아니, 나는 평생 사랑이란 것을 해 보긴 했을까?

이럴 때마다 스스로에게 진절머리가 난다. 남들은 당연하게 받아들이는 것을 굳이 어렵게 분석하려고 드는 나의 성격은 대체 어디에서 비롯된 것인지 모르겠다. 이런 답이 없는 고민은 삶을 더 복잡하게 만들 뿐이다. 그러나 한 번이라도 삶에 의심을 품어 본 사람이라면 잘 알 것이다. 무엇이 되었든 한 번 의심하기 시작하면 절대 그 이전의 삶으로는 돌아갈 수 없다는 사실을. 영화 〈트루먼 쇼〉에서 트루먼이 자신이 살던 세상에 의심을 품기 시작한 후더는 그곳에선 살 수 없었던 것처럼 말이다.

사실 이제 와 이런 혼란에 빠졌다는 것도 우습긴 하다. 솔직히 사랑에 있어서 나는 그렇게 진지한 타입은 아니었다. 그렇다고 가벼운 관계만을 가졌다거나 바람을 피우지도 않았다. 그저 사랑에 냉소적이었다. 상호 헌신적인 관계, 특히 결혼 같은 것에 불신이 있었고 영원한 사랑이나 운명의 짝 같은 것은 없다고 믿었다. 그럼에도 나는 꾸준히 연애를 하고 습관처럼 사랑을 말했다. 매 순간이 거짓은 아니었지만 돌이켜 보면 나는 내가 특별한 관계에 속했다는 사실을 끊임없이 상기하고 싶었던 것 같다.

그런데 왜 다 늦게 사랑 타령이냐고? 글쎄, 나도 내 마음을 잘 모르겠다. 사랑의 결말이 꼭 결혼일 필요는 없지만 하나둘 결혼하는 친구가 생겨서인 것 같기도 하고, 난생처음 평안한, 그래서 미래를 그리게 되는 연애를 하고 있어서일 수도 있다. 이유가 뭐든 중요한 건 지금 내 마음이 괴롭다는 거다. 사랑에 의심을 품기 시작하니 모든 것이 불투명해 보인다. 드라마 속 주인공들처럼 서로밖에 안 보이는 강렬한 감정만이 사랑인지, 군불처럼 은은한 감정도 사랑인지. '그 모든 것이 실은 사랑'이란 진부한 답 말고, 명쾌한 답이 필요하다.

『왜 나는 너를 사랑하는가』의 저자 알랭 드 보통은 한 강연에서 우리 사회가 '낭만적 사랑'에 과도하게 취해 있다고 말했다. 우리는 모두 완벽하지 않은데 사랑만큼은 동화처럼 완벽하기를 기대한다는 거다. 그리고 덧붙이기를 그런 이유로 전 세계 인구의 고작 3%만이 진정한 사랑을 하고 있다고 말했다. 그에 따르면 진정한 사랑은 상대의 미친 구석까지 받아들일 준비가 되어 있는 상태일 때 가능하다. 어쩌면 그의 말처럼 사랑은 파랑새처럼 존재하지 않는 허상일 뿐, 우리는 다만 사랑을 핑계 삼아 결혼이나 출산 같은 팍팍한 현실을 견뎌 내는 것일지도 모른다.

이로써 사랑이란 미지의 영역에 한발 더 다가간 것일까? 바라던 일인데 마음이 썩 내키지 않는다. 남자친구에게도 알랭 드 보통의 강연 영상을 공유했다. 지금 나를 사랑한다고 말하는 그는 어떻게 생각하는지 궁금했다. 딱히 기대한 반응을 보이지는 않았지만 막상 남자친구에게서도 "정말 사랑은 어려운 것 같다", "결혼 못할 것 같다"는 말을 듣고 나니 싱숭생숭하다. 사실 마음속 깊은 곳에서는 나는 혼란스러워도 그는 명쾌하기를 바라고 있었나 보다. 결국 중요한 건 내 마음인데 사랑은 혼자가 아닌 둘이서 하는 일이다 보니 상대의 반응에도 민감해진다. 아무튼 이런 결론은 낭만적이지 않다.

진실은 언제나 불편하다. 어설프게 철학자를 흉내 내는 나는 그래서 더 괴롭다. 갑자기 〈트루먼 쇼〉에서 트루먼이 세상 밖으로 나간 일이 잘한 선택일까 생각한다. 어쩌면 그는 아무런 의심 없이 그저 주어진 환경과 관계와 감정들을 순순히 받아들였을 때 더 행복했을지도 모른다. 아, 나도 의심 없이 사랑하고 싶다.

"그래서… 자기 나 사랑해?"

밤 산책

민수연

12월이 되니 밤이 빨리 찾아온다. 방금 막 저녁 식사를 마쳤을 뿐인데 바깥은 벌써 한밤중이다. 나는 밤이 찾아오는 것이 무섭다. 아니, 정확히는 밤이 되면 무장해제되는 내 마음속 온갖 날것의 감정이 두렵다.

어릴 땐 그런 감정에 한껏 취하도록 스스로를 내버려 두었다. 꼬리에 꼬리를 무는 생각들을 지겹게 생각하고 나면 새가 지저귀고 해가 떴다. 그때는 그래도 괜찮았다. 잠을 조금 설쳐도, 감정의 밑바닥을 경험해도 며칠 피곤하고 말았으니까.

하지만 지금은 다르다. 사사로운 감정에 취하기에는 내 삶이 너무 바쁘고, 예전처럼 감정의 끝단에 다다를 자신도 체력도 없다. 그래서 요즘은 되도록 모든 일, 특히 감정 소모가 필요한 일들은 해가 지기 전에 해결하려고 한다. 밤에는 별생각 없이 볼 수 있는 가벼운 예능이나 미드를 본다. 옛 사진첩을 뒤지며 추억에 빠진다거나 지나간 인연을 반추하는 〈500일의 썸머〉 같은 영화는 절대 보지 않는다.

그런데 어젯밤은 실패했다. 유튜브를 보다가—물론 토크쇼 형식의 가벼운 예능류였다— 별안간 손가락이 미끄러져 영화 〈라라랜드〉의 O.S.T를 클릭하고 만 것이다. 지뢰를 밟은 것이나 다름없다. 나에게 〈라라랜드〉는 밤에 보면 절대 안 되는 영화 TOP 5 안에 들기 때문이다. 어쩐지 감정을 건드리는 그 아련한 노래들과 결국 두 사람이 이루어지지 않았다는 영화의 결말까지. 그리고 헤어지면 끝인 거지, '만약 둘이 잘되었으면 어땠을까' 하는 상상은 도대체 왜 덧붙였는지. 괜히 더 아련해지게.

이럴 땐 하는 수 없이 밤 산책에 나선다. 탄천변을 빠르게 걸으며 생각을 덜어 내고자 하지만 오히려 많아진다. 그래도 그 와중에 정리가 되고, 설령 한없이 다운되더라도 잔잔히 흐르는 물이나 빛나는 달을 보며 '아 그래, 대자연 앞에 나는 얼마나 작은 미물인가' 하는 식의 자기 위안을 할 수 있어 좋다. 언젠가 미드에서 여주인공이 감정에 휘둘리는 대신 하루 날을 잡고 슬픈 영화를 몰아보는 장면을 본 적이 있다. 방법은 다르지만 나의 밤 산책 역시 일상의 감정을 컨트롤하는 의식적 행위에 가깝다.

다시 어젯밤으로 돌아간다. 평소엔 혼자 걷는 편이지만 〈라라랜드〉에 기습공격을 당한 만큼 엄마에게 함께 걸을 것을 제안했다. 너무 감성적이 되는 것을 방지하기 위함이다. 나는 저녁을 너무 많이 먹었다, 속이 부대끼지 않냐 같은 그럴듯한 핑계를 댔고, 엄마는 나의 속내는 눈치채지 못한 채 조금 귀찮은 듯한 표정으로 그러나 실로 저녁을 많이 먹은 것은 사실이기에 못 이긴 척 따라나섰다. 다행히 날씨도 걷기 좋게 적당히 쌀쌀했다. 엄마와 함께 걷는 조용한 밤의 탄천, 그래, 이제 감정에 나를 내던질 준비가 완벽히 되었다. 밤 산책이 끝날 즈음엔 엉킨 생각과 감정의 실타래가 말끔히 풀려 있을 것이다.

홀로 생각을 하다가 엄마와 짧은 대화를 나누고, 아무 생각 없이 걷다가 또 생각을 했다. 엄마와 함께 걷기로 한 것은 잘한 선택이었다. 가까운 이와 걸을 땐 적막이 찾아와도 어색하지 않아서 좋다. 어젯밤 생각의 소재는 다양했지만 공통의 주제는 같았다. '만약에 그때 다른 선택을 했더라면 어땠을까?' 하는 덧없는 가정말이다. 나는 〈라라랜드〉를 떠올리고는 과거 나의 선택들을 반추하며 각종 후회와 상상 속에서 걷고 또 걸었다. 이런 생각들을 하면 코끝이 찡해지고 마음이 아릿해진다. 과거의 선택을 후회해서라기보단 지금 이 상상이 이 생(生)에서는 절대로 경험할 수 없는 것들임을 알기에 생기는 허무함 때문이다. 하나의 삶을 선택한다는 건 다른 하나의 삶을 포기한다는 것이다. 그래서 삶이 더 소중한 것이겠지만, 점점 더 선택 하나하나가 어렵고 겁이 난다.

이런 생각의 끝에 다다르니 찔끔 눈물이 날 것 같았다. 때마침

우리의 산책 길도 길게 자라난 잡초들 사이를 지나고 있었다. 키가 큰 잡초들이 드리운 기나긴 그림자를 방패 삼아 슬쩍 엄마에게 물었다.

"근데 말이야. 만약 엄마와 아빠가 끝내 이뤄지지 않았으면 서로가 더 아련해졌을까? 지금은 지지고 볶아도 7년이나 사귀고 헤어졌으면 생각만 해도 뭉클하지 않겠어?"

종종 찾아온 적막에 생각에 빠진 건 나만이 아니었는지 평소라면 장난스레 답했을 엄마도 조금 센치하게 그리고 천천히 답했다.

"그랬겠지. 아마 네 아빠의 인생도 완전 달라졌을 거고."

산책을 나왔을 때보다 주변은 더 어두워졌고 우리는 앞만 보며 걸었기 때문에 이 말을 할 때 엄마의 표정은 볼 수 없었다. 엄마역시 내 표정을 볼 수 없었을 것이다. 우리는 살아가는 데 주어지는 선택의 어려움에 대해 공감하며 집으로 향했다.

그때 아빠로부터 전화가 왔다. 야밤에 여자 둘이 왜 아직도 밖이냐는 아빠의 실없는 잔소리를 뒤로하고 아빠에게도 같은 질문을 던졌다.

"야, 나이 들면 살기 바빠서 그런 감정도 안 들어."

예상한 답이었다. 아빠는 멜로드라마는 꼬박 챙겨 봐도 낯간지러운 감정을 드러내는 데 극도로 질색했다. 평소라면 '거참 분위기 못 맞추네'라고 생각했겠지만 어쩐지 어제는 아빠의 무심한 대답이 위로처럼 느껴졌다. 꼭 지금 내가 느끼는 감정의 파도들이 한때이고 언젠간 무뎌질 것이라고 말해 주는 것 같아서. 시간이 흐르면 나 역시 거센 바람에도 미동조차 없는 돌처럼 단단해질 수 있을 것 같아서.

밤 산책을 마치고 돌아와 짧은 요가 후 따뜻한 물에 샤워하며 감정의 잔여물을 깨끗하게 씻어 냈다. 그러고는 노곤해진 몸을 미리 온수 매트를 켜 둔 뜨끈해진 침대에 누이니 금방이라도 잠이 들 것 같았다. 후련한 몸과 마음으로, 밤 산책에 나선 선택에 흡족해 하며 이내 잠자리에 들었다. 참으로 오래간만의 단잠이었다.

불면증은
아닌 것 같습니다만

이인상

생각외로 쉽지 않았다. 잠을 자는 행위가 이토록 힘들 줄은 몰랐다. 몸과 마음은 피로하지만 도통 잠이 오지 않았다. 잠을 이뤄야겠다고 마음을 먹으나, 눈을 감으면 분리수거도 안 되는 쓰레기 같은 생각이 많아진다. 이 생각은 실로 무쓸모이다. 어디에도 쓰일 수 없고, 눈을 감았을 때 펼쳐지는 잔혹 동화와도 같은 상황은 현실에서 좀처럼 발생하지 않는다.

지나다니는 차도 없는 어둑어둑해진 새벽 시간, 휴대폰의 시계는 2시를 가리킨다. 침대 위 그 누구보다 평온한 자세, 양손은 가지런히 배 쪽을 향해 깍지를 낀 상태로 모은 채 다리는 쭈욱 펴 본다.

1분, 잠이 오지 않는 것은 당연하다, 이제 막 누웠으니. 이 시점에 자는 사람들은 축복받았는지도.

5분, 눈을 감은 지 얼마나 지났지? 꽤 지난 것 같은데…. 괜스레 카카오톡 메시지를 확인해 본다.

10분, 부정적인 생각에 휩싸인다. 좋은 것만 생각해도 모자란 짧은 생에, 온갖 잡다한 부정 생각이 뱀이 똬리를 튼 것마냥 내 몸을 천천히 휘감아 슬금슬금 올라온다.

30분, 머릿속에 독이 퍼지는 것 같다. 고요하고 어두운 밤의 이 독기는 왠지 모르게 나를 외롭게 만든다. 우울감에 빠져 본다. 상실감에도 빠져 본다. 깊고 어두운 강에 허우적대다 내가 지금 왜 사는 것일까 같은 어처구니 없는 생각도 해 보게 된다.

1시간, 잠을 포기한다. '그래, 뭐 어차피 나에겐 시간도 많은데. 잠이 올 때 자면 되지'라는 생각을 하며 그렇게 밤이면 찾아오는 그 녀석에게 내 몸을 빼앗긴다. 그 악마 같은 녀석은 정신 상태를 썩게 만든다. 강도 뱀도 힘든데, 강속의 물뱀은 더더욱 위험하다.

긴급한 상태다. 해독제가 필요하다. 조용히 유튜브를 튼다. 더 이상 재미난 것도 없다. 넷플릭스를 재생해 본다. 거치대에 휴대폰을 뉘인 채 감상만 할 뿐, 잠자는 데 도움이 전혀 되지 않는다. 오히려 집중하게 만들어 눈이 말똥말똥해진다. 부정적인 생각을 없애 주는 건 고맙다. 그러다 5시가 다 되어서야, 칠흑 같은 어둠이 사라질 즈음에야, 나의 부정적인 생각이 무뎌질 때 즈음에야 나도 모르게 잠에 든다. 그러다 알람 소리에 깬다. 비몽사몽이지만 '아, 그래도 자긴 잤구나' 하는 안도감에 만족한다. 고작 3시간 만에.

가로등 불이 하나둘 켜질 즈음, 별안간 저녁에 술을 마셔 본다. 쉽게 잠에 든다. 그 혓바닥 긴 녀석도 찾아오지 않는다. 하나, 깊이 잠들지는 못한다. 술을 마신 채 잠에 들면 짧게는 1시간, 길게는 2시간이다. 3시간은 정말 운이 좋은 것이다. 그래도 잠을 잔 게 어디냐고 좋게 생각도 해 보지만, 술에 귀의하는 것은 악순환의 반복이다. 좀처럼 깊게 잠을 잘 수 없게 만든다. 오히려 술을 마신 다음 날 깨고 나면 더욱 피곤하다. 시계는 여지없이 새벽 2시를 가리켰다. 빌어먹을 새벽 시간. 아직 출근까지는 너무 많이 남았다. 실망뿐이지만 그래도 어쩌겠는가. 아직 시간은 많이 남았으니 다시 잠을 자려 노력해 봐야지. 다시 1분, 5분, 10분… 위의 과정을 반복하다 보면 뱀을 조우하고 그렇게 잠에 들게 된다. 그럼 그렇지. 그럼에도 술을 아예 안 마실 순 없었다. 조금이나마 편하게 잘 수 있는 그 상태가 마약이자 진통제와도 같았다.

요즘은 집에서 대부분의 시간을 보낸다. 생활적인 측면에서 자유로운 탓에 자야 한다는 생각과 강박 또한 자연스레 버려졌다. 잠에게 패배했는지도 모르겠다. 외출이 잦던 당시엔 어떻게든 싸워 뱀에게서 승리를 쟁취하기 위해 노력을 해야 했다. '이때는 무조건 잠을 자야 돼. 안 그럼 내일 일을 할 수가 없어!' 그러나 이제는 더 이상 그러지 않는다. 지금의 내 처지와 상황에선 더 이상 그럴 필요도 의미도 없다. 패잔병이다.

밤에 속 편하게 자고 싶다. 누군가는 얘기한다.

"아니, 그냥 자면 되잖아! 눈을 감아 봐!"

하나 모든 일이 그렇듯, 자신이 경험해 보지 못한 일엔 공감하기가 힘들다. 이와 같은 증세를 겪어 보지 못한 사람은 나의 처지를 이해하기 힘들 것이다. 왜 나에게 이런 일이 생겼을까 원망할 대상이라도 있으면 좋겠다는 미련한 생각도 가져 본다. 약을 먹는 건 거부한다. 마지막 자존심이다. 불면증은 아니길 바라는 마음도 있다.

어쩌다 뱀 녀석이 휴가를 가는 날엔 너무나 행복한 잠을 자곤하지만, 그 휴가는 그리 길지 않다는 것을 나는 다년간의 경험으로 알고 있다. 출근을 하지 않는 지금은 불규칙하게나마 뱀을 피해 아침과 낮에 잠을 자지만, 고통받지 않는 만큼 몸과 마음에 더 큰 구멍이 생기는 것만 같다.

여전히 밤이 무섭다. 더 강력한 해독제가 필요하다. 가슴에 뚫린 빈자리를 메워야만 한다. 〈잠자는 숲속의 공주〉의 물레가 필요하다.

나는 잠들어 있는 공주도 아니며,

동화 속의 왕자 또한 아니었으며,

먼 나라 이웃 나라에 사는 용사는 더더욱 아니다.

검을 잃어버린 지금 나는 싸울 투지도 의지도 없다. 겁쟁이처럼 피하기만 한다. 여전히 겁에 질린 채 밤을 지샐지도 모르겠다.

아니, 사실은 알고 있을 것이다. 오늘 밤도 힘들 것이라는 걸. 누군가 대신 뱀 녀석과 싸워 주면 좋겠다는 생각도 해 본다. 애석하게도 아직은 없는 것 같다. 아직은.

새벽 갈증

위대성

밤공기가 차다. 집 안인데도 몸이 으슬으슬하다. 잠옷을 입은 채로 의자에 기대어 본다. 쭈우욱 뒤로 넘어간다. 눈을 감아 본다. 기분이 몽실몽실하다.

태어난 지 36년 차, 사랑한 지 14년 차. 결혼한 지 5년 차. 연차로 세아리니 참 길다. 마음은 아직 스무 살의 그것으로 남아 있는데. 하긴 고작 자정이 지났을 뿐인데 얘기할 상대를 찾지 못해 글을 쓰는 걸 보면, 살기 바쁜 30대 중반이라는 것이 새삼 실감 난다. 나도, 친구들도 "자냐?"로 서로를 깨우기에는 나이가 키워 놓은 자제심이 적지 않다.

와이프는 방안에서 곤히 잔다. 색색. 사실 코 고는 소리가 심하다. 오늘 피곤했나 보다. 그럼에도 우리 집 고양이 엉디와 볼기는 불평 없이 와이프 옆을 지키고 있다. 엉디는 와이프 다리 사이에 둥글게 몸을 말았다. 볼기는 겨드랑이에 끼어 마치 아기처럼 엄마팔을 베고 잔다. 대체 왜 겨드랑이를 좋아하는 걸까? 아니, 반대로 와이프가 곤히 잠드는 것도 신기하다. 여간 불편한 것이 아닐 텐데.

생각이 많은 날이었다. 오랜 출장과 사업으로 고민은 쌓였고 몸과 뇌는 지쳐 갔다. 귀국 후 고작 한국의 겨울을 삼 일 맛보았음에도 온몸에 냉기가 서린 듯했다. 그냥 쉴까? 아냐, 이렇게 퍼져 있으면 안 돼. 뭐라도 하자. 성공한 자는 활자 중독이라던데, 책을 꺼내 보자. 아아, 다섯 페이지도 넘기지 못하고 뻗어 버린다. 아니, 지레 질려 버린다. 건강한 시간은 포기하자. 자극적이고 유해한 MSG 덩어리들이 필요해. 라면을 먹고, 인스타를 하다가, 유튜브를 켰다. 넷플릭스는 정말 멋진 서비스다.

사랑이 그립다. 사랑에 갈증 난다. 언제나처럼 와이프를 사랑하고, 다른 여자를 사랑할 여유도, 생각도 없지만, 지금 참 사랑이 고프다. 와이프가 온전하고, 내가 온전하다면, 살갗을 맞대며 서로를 달랠 수 있을 텐데. 참 상황이 여의치 않다. 설렘주의 태그 달린 게시물을 보며 허한 마음을 잠깐 달래 보려 하지만 택도 없다. 외려 갈증이 더 심해지는 듯하다. 목마른 자가 마신 소금물처럼.

사랑하는 사람이 있다고 해서 항상 사랑으로 가득 차 있는 것은 아니다. 연인 간에도 달래지지 않는 공허함이 있다. 잘 알고 있었고, 잘 알고 있고, 잘 알고 있을 테다. 대안이 없을 뿐. 대안이 없어 가슴만 벅벅 긁고 맥주 한 캔으로 시간을 채울 뿐.

사랑하는 사람아. 사랑받는 사람아. 이 밤이 길게 느껴지는 것은 그대가 연인을 사랑한다는 반증이기를 바란다.

02

떠나간 너에 대한,
실은 지나간 나에 대한

첫 이별 앞에 나는 비겁했다. 나는 긴 시간 이별을 직면하지 못해 원망의 대상을 찾아 헤맸다. 그리고 그가 남긴 그늘 속에서 내게 유해한 관계들을 지속했다.

나는 그의 나이가 되어서야
그와 완전히 이별할 수 있었다

민수연

오 년 전 어느 봄날, 마지막으로 나를 보러 왔다며 잠시 얼굴이라도 보여 달라던 그의 잠긴 목소리. 끝내 거절하자 집 앞에 두고 간, 평소 내가 좋아하던 샌드위치와 두 잔의 커피 그리고 자신의 청춘을 아름답게 만들어 줘서 고맙다는 짧은 편지. 흐드러지게 떨어지는 벚꽃 잎 사이로 쓸쓸히 돌아가던 그의 뒷모습. 이것이 내가 기억하는 그와 나의 마지막 순간이다.

관계에 종지부를 찍은 것은 나였다. 그에게 헤어짐을 말했을 때 나는 스물셋의 대학생이었고 그는 나보다 여섯이 많은 스물아홉의 대학원생이었다. 그 시절 나는 자신감이 넘쳤고 무엇이라도 될 수 있을 것 같았으며 더 넓은 세상을 탐험하고 싶었다. 반면 그는 위축되어 있었다. 졸업을 앞둔 그는 불확실한 미래에 이따금 불안해 했고 삶에서의 안정감을 원했다. 우리는 서로 다른 것을 원했기에 관계는 점차 엇나가기 시작했다. 당시 교환학생으로 해외에 있던 나는 더 많은 자유를, 그는 내가 하루빨리 그에게로 돌아와 정착하기를, 그래서 내가 영영 자신을 떠나지 않기를 바랐다. 그의 지나친 걱정과 관심은 때때로 구속과 속박으로 느껴졌다. 나는 매 순간을 보고하고 허락을 구해야 하는 상황에 신물이 났다. 어쩌면 내 앞날에 주어진 수많은 기회를 그가 앗아 가고 있을지도 모른다는 생각이 들 때쯤 나는 이 년 반을 함께한 내 생애 첫 연인에게 끝내 이별을 고했다.

그렇게 우리 연애는 끝이 났지만, 나의 마음은 그와 이별하지 않았다. 나는 내가 원하기만 하면 언제든 그가 내게 돌아올 것이라고 믿었다. 그는 이제껏 내가 만난 남자 중 내게 가장 헌신적인 남자였다. 그는 내가 깨어 있는 모든 순간, 심지어는 잠든 순간까지도 자신과 함께이길 바랐다. 우리는 아침에 눈을 뜨면 만나 늦은 밤이 되도록 함께 시간을 보내고, 지쳐 잠이 들 때까지 밤새도록 통화를 했다. 그는 나의 부모, 심지어는 나 자신보다도 나를 더 아끼고 사랑하는 듯했다. 실제로 우리는 그로부터 약 이 년 가까이 더 연락을 주고받았고 그런 그였기에 나는 우리 관계에서 완전히 이별을 고할 수 있는 권한은 내게만 있다고 생각했다. 이기적이게도.

그런 그가 갑자기 결혼을, 그것도 곧 한 아이의 아빠가 될 것이라는 소식을 들었을 때 나는 비로소 우리 인연이 끝났음을 깨달

왔다. 그럼에도 나는 여전히 그를 내 삶에서 떨쳐 내지 못했다. 일 년 전 그 봄날 그가 나를 찾아왔을 때 그를 매정하게 내치지만 않 았더라면… 하는 후회와 미련. 끝까지 나를 기다리겠다던 그 맹세 는 다 무엇이었던 걸까? 그가 진정 사랑한 것은 나라는 존재가 아 닌 그저 그의 옆에 있어 주는 연인이란 대상이었던 걸까? 그리고 이제야 그와 같은 것을 바라볼 준비가 되었는데 어째서 그는 나를 기다려 주지 않는가 하는 한탄. 그렇게 나는 꽤 오랜 시간을 그가 남긴 그늘 속에서 허비했다.

그리고 지난해 나는 마침내 그로부터 자유로워질 수 있었다. 그 때 그 남자의 나이인 스물아홉이 된 작년의 어느 날 나는 책상을 정리하다 내가 미처 처분하지 못한, 아마도 내게 남은 그의 마지 막 편지를 발견했다. 나는 그 속에서 나와 같은 스물아홉의 그를 다시 만날 수 있었다. 한창 취업에 힘겨워하던 그는 불안해했고 혼란스러워했다. 그리고 그런 자신의 상황과 마음을 헤아려 주지 않는 내게 서운함을 내비쳤다. 동시에 그는 그런 암담한 상황 속 에서도 나름 삶의 의미를 찾고자 노력하고 있었다. 편지의 말미에 그는 책 한 구절을 인용하며 '가질 수 없는 행복을 위해 애쓰는 것 이 아니라 소소한 일상 속에서 행복을 느끼겠다'고 적었다.

분명 과거의 어느 시점에도 읽었을 편지인데 나는 그날 처음으 로 그 편지가 제대로 읽혔다. 이제 나 또한 더는 인생의 드라마틱

한 반전 같은 것은 꿈꾸지 않는다. 몇 번의 도전과 좌절 끝에 큰 성취보다는 소소한 삶의 기쁨 속에서 행복을 누리는 법도 배웠다. 지금의 나는 평범한 일상에 만족하고 그저 앞으로도 지금만 같기를 소망할 뿐이다. 나는 그제야 불안정했던 그 시기 그의 옆에 있어 주지 못했던 사실이 미안해졌고, 그가 조금은 안쓰러웠다. 그러나 한편으론 당시 우리 관계에 있어 그의 미숙함에 대해서 돌아보게 되었다. 그는 나에게 지나칠 정도로 많은 사랑을 주었지만 동시에 그만큼 나를 구속했고 그건 성숙한 사랑의 방식은 아니었다.

첫 이별 앞에 나는 비겁했다. 나는 긴 시간 이별을 직면하지 못해 원망의 대상을 찾아 헤맸다. 나는 그 사람을 미워했고 나를 미워했다. 그리고 그가 남긴 그늘 속에서 내게 유해한 관계들을 지속했다. 그러나 그의 나이를 겪은 나는 비로소 그 시절 우리가 헤어질 수밖에 없었던 이유를 선명하게 이해한다. 지나간 인연에 대한 원망과 미련이 이해와 연민이 되기까지는 생각보다 오랜 시간이 걸렸지만, 나는 그의 나이가 되어서야 그와 완전히 이별할 수 있었다.

우리는 누군가와 반드시 두 번 만나는데, 한 번은 서로 같은 나이였을 때, 다른 한 번은 나중에 상대의 나이가 되었을 때 만나게 된다는 것을 알게 되었다. 『잊기 좋은 이름』, 김애란

그라나다 호텔 방에
두고 온 것

이희수

가장 멀리 떠나고 싶었다. 떠나야만 했다. 할 수만 있다면 우주로 나가 버리고 싶었다. 그곳에, 내가 다시는 돌아오지 않을 곳에 던 져 버리고 싶었다. 어떤 기억은 그렇게라도 잊어버리고 싶다.

12월의 스페인 여행은 지중해 기후에 대한 기대감이 무색하게 도 제법 쌀쌀하고 시큰했다. 나에게 스페인은 여행지의 낭만에 대 한 기대감보다도 사실은 더 중요한 임무를 수행하러 떠난 곳이었 다. 말하자면 그것은 지구에 더는 공간이 부족해지자 우주로 쓰레 기를 버리러 가는 미션 같은 것이었다. 혹은 타임캡슐 속에 무언 가를 넣어 땅에 꽁꽁 묻어 버리는 행위 같은 것이었다. 그러기 위 해선 웬만해서는 내가 사는 동안 돌아오지 않을 곳, 굳이 찾아와 서 그것을 뒤적이지 않을 장소가 필요했다.

스페인 마드리드에서 남쪽으로 5시간 동안 버스를 타야 도착하는 그라나다의 '호텔 팔리시오 데 산타 이네스(Hotel Palacio de Santa Ines)'는 그것을 던져 버리기에 가장 적합한 장소였다. 호텔의 건물은 견뎌 온 몇 백 년의 세월을 보여 주듯 오래된 골목길 틈에 아슬아슬하게 서 있었다. 삐그덕거리는 계단을 조심스럽게 올라가서 3층의 작은 방에 들어갔다. 등 뒤의 문이 닫히자마자 그곳은 마치 외부 세계와는 차단된 듯했다. 차가운 붉은색의 타일 바닥과 엔티크한 책상, 세월이 묻어나는 창틀과 삐그덕거리는 하얀 옷장 그리고 결코 촌스럽지 않은 분홍색의 벨벳 소파가 놓여 있었다. 아주 오래전 누군가가 꽤 긴 시간 조용히 글을 쓰며 머물렀을 듯한 모습이었다. 찬찬히 방 안을 둘러보았다. 그래, 이곳이 적합했다.

다음 날 아침 함께 간 친구에게 오전 시간을 각자 보내자고 했다. 근처의 성당을 구경하겠다는 친구를 배웅한 뒤 호텔 방문을 걸어 잠그고 분홍색의 벨벳 소파 위에 앉았다. 그러고는 한국에서 스페인 그라나다까지 날 쫓아온, 늘 나의 머리 위를 둥둥 떠다니는, 벗어날 수 없는 구름 같은 존재인 구글 클라우드에 접속했다.

구글 클라우드는 참 잔인한 존재이다. 적당히 잊을 때도 된 것을 기어코 생각나게 한다. 내가 나의 기억력을 믿는 것인지, 아니면 구글 클라우드를 믿는 것인지 헷갈릴 지경이다. 그래서 그것에 접속할 때마다 마치 "너 진짜 잊을 자신 있어?"라고 묻는 듯했다.

아니, 자신 없어. 자신이 없어서 지우지 못했지.

　사실 지우기는커녕 마주할 자신조차 없었다. 숨겨 내고 덮어 냈다. 그래서 겉으로 보기엔 상처가 그럴싸하게 잘 가려져 이제는 괜찮은 것처럼 보였다. 하지만 마음속 깊이 찌꺼기가 남아 있었다. 찌꺼기들은 이따금씩 불쑥 수면 위로 올라왔다. 그래서 더 이상 미룰 수 없이 마주하고 지워야만 했다. 어떤 것들은 아주 날카로운 쇠붙이 같은 것으로 뼛속 깊숙이 후벼 파내야 한다는 것을 알았기에, 크게 심호흡을 한 번 내뱉고 몇 천 장의 사진을 하나하나 도려내기 시작했다.

　스물한 살부터 스물넷까지, 아직 생채기가 나지도 굳은살이 배기지도 않았던 첫사랑의 표면은 참으로 말랑말랑하고 또 유약했다. 그 흐물흐물한 경계 면 탓에 나와 타인의 구분이 모호했다. 그래서 어리석게도 한 번 붙어 버린 그 경계 면이 떨어질 거라고는 상상조차 하지 못했다. 그러나 상대방은 언제부터인가 서서히 자신의 몫을 떼어 냈고, 온전히 자기 자신이 되었던 스물넷의 어느 겨울날 헤어짐을 말했다. 나는 "헤어지자"는 말이 불가능하고 불가사의한 듯 "왜?"라고 두 시간 동안 반문했다. 그러나 자신의 몫을 이미 떼어 낸 자로부터 들은 유일한 대답은 "너와 함께하고 싶은 미래가 없어"였다. 그 명확하고 명쾌한 대답에 더 이상 내가 반박할 말은 없었다.

　심장이 너무 아프다는 말을 그제야 처음 이해했다. 이렇게 아픈

데 세상 사람들은 이별하고도 살아남는다는 게 말이 안 된다고 생각했다. 마치 장기의 일부가 뜯겨져 나간 것 같았고, 대상포진처럼 뼈를 깎아 내는 듯했다. 이별을 하면 심장이 아프다는 말은 정말이었다. 여기가 심장이다, 라고 정의 내릴 수 있을 만큼 그 위치가 아팠다. 너무 아파서 숨이 안 쉬어질 때에는 화장실에 뛰어 들어가 소리를 내지 못한 채 엉엉 울고 나와야 겨우 또 한두 시간을 버텨 낼 수 있었다.

헤어진 이후로는 아무런 소식도 들을 수 없었다. 연락을 한 적도, 받은 적도 없었다. 근황조차 알 수 없도록 나의 가족과 친구들을 포함한 모든 지인의 메신저와 연락처가 차단당했다. 마치 이 세상에 존재하지 않았던 사람 같았다. 그래서 그렇게 존재하지도 않던 사람처럼 사라져 버릴 거였다면, 나의 모든 사진에서도 사라지면 좋겠다고 생각했다. 내 기억이 틀렸다고 믿고 싶었다. 차라리 정신병자처럼 그런 사람은 아예 없었다고 믿으면 좋겠다고 생각했다.

꽤 긴 시간 동안 밤마다 무엇이든 찾아 헤맸다. 그것이 무엇인지 알지도 못한 채 공허하게 맴도는 생각과 감정을 이기지 못하고 자꾸만 이곳저곳을 헤집었다. 그것은 내 머릿속이었고, 핸드폰 속의 사진첩이었고, 메신저였고, 방 안 곳곳에 남아 있는 기억이었고 흔적이었다. 결국 남지 않았음에 가슴 아파했고, 계속해서 그 자리만을 맴돌며 그것이 무엇인지도 모른 채 무엇이든 찾으려고 애썼다.

그러나 시간이 지날수록 그 많은 밤마다 내가 찾아 헤맸던 것은 처음에는 상대방이었지만 끝내는 '나'였음을 알게 되었다. 돌이켜 보니 그때 나는 고속도로 위에서 나란히 달리던 나의 자동차에서 내려 그의 자동차에 동승해서 달리고 있었다. 그의 차에서 쫓겨난 뒤에는 바보처럼 그 자리에 우두커니 서서 지나간 그의 차만을 회상하고 있었다. 그러나 정작 그때 내가 찾아야 했던 것은 그의 차가 아니라 어느 갓길에 세워 둔 나의 자동차였음을 비로소 그 수많은 밤이 지난 뒤에야 알게 되었다. 이제는 내가 누군가의 손을 놓친 것이 아니라 나의 손을 잡아낸 것이라고 생각하기로 했다. 누군가를 잃은 만큼 그 빈자리를 이제는 '나'로 꽉 채워서 그 값은 여전히 동등하게 되리라고 믿기로 했다. 그래서 이 이별이 나에게 닥쳐온 사건이었음에도 불구하고 나는 누구보다도 능동적으로 이 사건을 활용할 수 있는 사람이 되기를, 간절히 또 간절히 바랐다.

n년이 흐르면 (시그마)1/n+1의 적분의 합처럼 서서히 괜찮아지리라. 그러다 보면 언젠가 1에 가까워지고, 완전히 잊어버린 것에 가까워지리라. 그렇게 버텨 낸 하루하루가 모여서 그제야 겨우 일 년이 지나 있었다. 그 시간 동안 말랑말랑하고 유약했던 나의 표면은 단단해졌고, 비로소 나의 몫을 떼어 낼 수 있게 되었다.

분홍색의 벨벳 소파 밑에는 잔뜩 구겨진 휴지들이 나뒹굴었다. 그리고 떨리는 손으로 모든 사진의 삭제 버튼을 눌렀다. 그날 내가 도려낸 것은 구글 클라우드 속 사진이었지만, 사실은 계속해서 덮기만 해서 썩어 버린 지독한 악취가 풍기는 미련이고 자기연민이었다. 마음을 좀 추스르고 둘러본 호텔 방에는 정오로 넘어가는 햇살이 하얀 커튼을 넘어 내가 앉아 있던 분홍색의 소파까지 포근하게 가득 들어와 있었다.

저 멀리 그라나다 호텔 방에 두고 온 그것들은 그곳에 묻어 두기로 했다. 구태여 내가 그것을 찾으러 가지도 않을 것이고, 그것이 나를 찾으러 오지도 않을 것이다. 내가 짊어지고 살아갈 수 있는 기억과 감정은 마치 나의 클라우드 드라이브 속 저장 공간과 같아서, 그것들을 비워 내고 지워 내지 않는 한 새로운 기억과 감정들이 쌓이지 못할 테니 말이다.

그렇게 나는 나의 모든 곳을 따라다니던 그 구름의 한 조각을 지구 반대편 스페인 그라나다의 아주 오래된, 호텔 팔라시오 데 산타 이네스의 3층 작은 방에 두고 왔다.

가을은 어떻게
마침표를 찍나요

이인상

낙엽이 지고, 짙은 어둠이 찾아온 어느 저녁.

"우리 그만 만날까?"

전화 속에서 느껴지는 그녀의 떨림은, 괜찮을 것만 같았던 나의 마음을 갈기갈기 찢어 놓았다. 내가 이별을 고했지만 여느 TV 속 주인공처럼 어디론가 가야만 할 것 같았다.

캠퍼스에서 가장 높은 곳, 늦은 밤 아무도 오지 않는 그녀와의 추억이 깃든 그곳을 향해 운전을 하고 있었다. 미안함은 없었다. 오히려 후련했다.

3년간의 추억을 삼킨 채 수백 밤이 지난 어느 해 그녀의 결혼 소식을 들었을 땐 가슴이 철렁 내려앉았다. 그동안은 멀쩡히 잘 지내 왔는데 왜 그랬을까? 내가 아직 결혼을 못해서? 그녀의 첫사랑은 나였으니까? 그것도 아니면 내가 아직 자릴 잡지 못했기 때문에? 무슨 이유가 되었건 그녀의 결혼 소식을 우연히 접했을 땐 그녀의 마침표가 나에게 배송되었다. 나의 감정은 그녀와 나의 마침표를 두 개 이어 붙인 '..'과도 같았다.

그녀와 처음 마주한 것은 스무 살 봄이 채 오기 전 추웠던 어느 겨울이다. 처음 만난 그녀는 술 기운이 올라서인지 선홍빛의 홍조를 띤 채 웃음이 끊이지 않았다. 왠지 모르게 시선이 갔지만 말을 걸지는 않았다. 부끄러움이 많았으니깐. 어설프게 술 게임을 빌미 삼아 마주한 그녀를 눈만 끔뻑끔뻑하며 쳐다볼 뿐, 핑크빛 기류가 그녀와 나 사이엔 존재하지 않았다.

학기가 시작되고 신입생이라는 딱지를 자랑이라도 하듯 캠퍼스를 누비던 그 시절, 언제부턴가 그녀의 주변 친구들 그리고 그녀와 자연스레 친해졌다. 언젠가 그녀의 친구 중 한 명이 던진 "애, 너 이 친구 어때?"라는 물음은 나에게 봄이 찾아왔음을 알렸다.

그녀와의 데이트는 서로의 감정을 계속 키워 내기에 충분했고, 낙엽이 떨어지지 않은 그해 가을 어느 저녁, 야외 공연장 어느 돌의자에 나란히 앉아서 시작한 고백은 그간 기다려 왔던 우리의 연애를 확정 지었다. 그녀의 풋풋하면서도 부끄럼 많은 성격은 꽤 여러 날, 그녀 주변의 풀과 돌을 발길질로 건드려 본다든가, 손을 가만있질 못하게 만들었다. 그것이 내가 기억하는 그녀의 가을 모습이다.

그해 가을 모습에는 그녀와 길거리 분식집에서 어묵을 먹던 장면도, 팝콘을 서로 먹여 주며 영화를 보는 장면도, 조용한 도서관에서 함께 공부하는 장면도 담겨 있었다. 갤러리에 전시된 작품마냥 그림들이 진열되어 있었고, 우리는 계절이 흘러간 만큼 사랑을 키워 갔다. 주변 시선은 부러움으로 가득했으며, 어느덧 선망의 대상으로 자리했다. 계절이 여러 번 반복되었을 무렵엔 사랑을 확인했던 그 가을이 영원할 것이라 자신했다.

하나 그 가을은 영원하지 않았다. 영화에도 끝이 있는 법인데, 나는 해피 엔딩만 생각했다. 오만이었고, 오판이었다. 익숙함과 단조로움은 서로에게 독이 되었을까? 우리는 서로를 너무나 잘 알았고, 서로가 싫어하는 것을 하지 않으려 애써야만 했다. 그 한 폭의 그림에서 나는 질투에 눈이 먼 미성숙한 소년이었다. 그녀를 남녀가 섞인 자리에 보내기가 쉽지 않았다. 견뎌 왔고 익숙해지기 위해 감내했지만 그녀의 지속된 행동은 나를 끝없이 속상하게 만들었다.

언제부터였을까, 어느새 나는 괜찮아졌다.
'나는 어른이 된 것일까?'
우리는 그것이 〈백설공주〉에 나오는 독사과임이 분명함에도 그 사과를 함께 천천히 나누어 먹었다. 권태기였다. 확연히 다가오진 않았지만, 위험해질 것은 분명했다. 언제 쓰러져도 이상할 것이 없었다.

그 그림에서 나는 가짜 어른이었고 가짜 공주였으며 가짜 왕자였다. 우리를 도와주는 일곱 난쟁이는 처음부터 존재하지 않았다. 우리는 그 동화 속의 주인공이 아니었다. 괜찮다는 진짜 괜찮다가 아니었으며, 괜찮지다는 '포기하다'의 동의어였다. 그저 공주와 왕자가 되고 싶은, 어른이 되기를 갈망하는 철부지 어린 꼬마였다. 질투를 핑계 삼은 우리의 권태기는 결국 독사과를 온전히 받아들이게 만들었다. 끝끝내 우리의 가을을 벼랑으로 몰아세웠다. 그렇게 우리의 낙엽은 점점 떨어지고 있었다.

"여보세요?"

어느 날 밤, 나는 누군가에게는 떨리고도 설렐지 모를, 하지만 그날의 우리에게는 폭풍우를 만들 수 있는 한마디를 꺼냈다. 나는 그 폭풍에 모든 것을 던져 버렸다.

"우리 그만 만날까?"

결국 아슬아슬하게 매달려 있던 낙엽이 떨어지는 모습을 지켜볼 수밖에 없었다. 우리의 가을은 그렇게 허무하게 끝이 났다. 이 감정은 무엇이었을까. 왠지 슬퍼해야만 할 것 같았다. 그렇게 나는 차 키를 집어들었다. 그녀와 즐겨 듣던 음악이 차 안을 휘감아 올 때면 공허감과 외로운 감정이 소용돌이쳤다. 나는 그 속에서 허우적대고 있었다. 주변의 가로등 불이 나를 비춰 올 땐, 아무렇지도 않다는 듯 속이고 있는 나의 여러가지 표정을 난쟁이들에게 들킬까 겁도 났다.

그렇게 어느 가을,

우리는

마침표를 선고했다.

　그녀는 지금 결혼해서 잘 지내고 있을까? 그 가을의 향기가 떠오르는 밤이다. 가을 향기를 담은 마침표는 여전히 나를 외롭게 만든다. 그녀와 나 사이에 있던 문장은 결국 가을에 시작되어 가을에 끝이 났다. 스스로에게 마침표를 선고한 이 시점에 찍은 조그마한 온점은 나에게 큰 공허감을 심어 냈다. 해가 거듭하면 찾아오는 가을이란 계절은 심어 낸 곳에 물을 주어 싹을 틔우고 더욱 튼튼하고 올곧은 줄기로 자라나게 한다. 이따금씩 떠오르는 그녀와의 계절들은 내가 그녀를 그리워해서일까, 그녀와의 추억을 그리워해서일까?

　그녀의 부끄러운 발길질이 그리워지는 밤이다. 아직 나의 문장은 채 끝나지 않았다. 문장이 끝나기 위한 조건 구성은 줄임표(…)가 아닌, 온점(.)이다. 그녀와 나의 문장은 끝맺음이 되었지만 여전히 나의 문장은 진행 중이다. 언제쯤이면 나에게도 완벽한 온점이 찍힐까? 이 마침표가 온전히 찍히는 날은 가짜 어른이 아닌, '괜찮아졌다'를 이겨 낼 수 있는 성숙한 어른이 되는 날일 것임이 분명하다.

첫 이별과
가지치기

이희수

억울할 수 있다. 당신은 열렬히 사랑했을 뿐인데 차였다. 어떠한 예견조차 할 수 없었다. 합의조차 없다. 그렇게 아무런 방어 태세도 취하지 못한 채 이제는 상대방에게 연락해선 안 되는 존재가 되어 버렸다.

그러나 상대방은 말할 것이다. 아니, 사실은 아무런 말도 해 주지 않을 것이다. 말해 주더라도 그것은 허공을 맴도는 말뿐일 것이다. 어차피 당신은 그 말을 믿지 않을 것이다. 어떻게 마음이 변할 수 있는지, 어떻게 사랑이 변할 수 있는지, 어떻게 그 수많은 약속이 아무것도 아닌 것이 되어 버릴 수 있는지, '나'였던 사람이 어떻게 한순간 영영 다시는 볼 수 없는 사람이 될 수 있는지. 이해할 수 없을 것이다.

사실 당신은 가지치기 당한 것이다. 그 수많은 약속에도 불구하고, 그 깊은 마음에 대한 서로의 확신이 있었음에도 불구하고, 그 사람에게 당신보다 더 중요한 가지가 생겨난 것이다. 어쩌면 당신이라는 가지 자체가 조금은 시들시들해졌을지도 모른다. 잎이 시들기 시작했고 다른 가지들에 비해 열매를 잘 맺지 못했을지도 모른다. 그래서 상대방은 자신의 가지 중에 당신이라는 가지를 쳐 버렸을 것이다,

"우리 헤어지자."

그는 당신이라는 가지를 스스로 잘라 냈다. 그렇게 해야 그는 다른 가지들에 좀 더 집중할 수 있기 때문이다. 새로운 가지를 낼 수 있고, 잘 키워 가던 다른 가지들에게도 시간과 에너지를 쏟을 수 있다. 어차피 그 또한 한정된 자원을 가지고 살아가는 나무다. 새로운 가지를 내기 위해선 또 힘이 들 것이고, 기존의 가지를 쳐 내기 위해선 스스로에게 생채기를 내야 한다. 그러나 그 피해를 모두 견딜 만큼 당신이라는 가지가 쳐내야만 하는 존재였던 것이다.

'나'였던 사람이었고 '나'만큼 사랑했다면 상대방이 사실은 한 그루라고 생각하지 못했을 것이다. 사실 더 중요한 것은 당신이 당신 스스로를 한 그루라고 생각하지 못했을지도 모른다는 것이다. 사랑이라는 명목 아래 하나라고 생각했을지도 모른다. 그래서 타인과 나에 대한 경계가 모호해서 들락거리는 그 선을 모두 사랑이라고 믿었을지도 모른다. 그렇듯 조금은 더 뿌옇고, 온전하게 타인이 되어 보았던 그 순간 자체가 첫사랑이었다. 어떤 사람은

끊임없이 이 경험을 하기 때문에 그 이후에도 첫사랑만큼 사랑할 것이고, 어떤 사람은 타인과 나에 대한 경계가 뚜렷해져 버려서 그 경계를 넘나들지 않을 것이다.

　첫사랑과 첫 이별은 가지치기를 당해 보지 않았거나 자신의 가지를 아직 쳐보지 않은 사람의 사랑을 뜻한다. 그렇기 때문에 첫사랑과 첫 이별은 동의어이기도 하다. 결국 가지치기를 당한 쪽이나 가지를 친 쪽 모두 동일하게 각자의 가지를 잘라 내어 생채기가 난 한 그루의 나무다. 이러한 불분명함의 속성 때문에 첫사랑이자 첫 이별의 경험은 쉬이 잊혀지지 않는다. 헤어짐 이후로 만들어지는 또다른 경험들로 인해 너무나도 명확하게 그 경계를 그리기가 쉬워지기 때문이다.

어쩌면 목적지가 아닌 이정표에 불과했던 그 대상. 나에게 첫 사랑이란, 베아트리체였다. 단지 앞으로 만날 성숙한 사랑을 위해 깨달아야만 하는 숙제였다.

나는 아직도 용기가 없다

이인상

언젠가 청취자 한 분이 나에게 질문한 적이 있다.

"DJ님 좋아하는 이성이 생겼어요. 어떻게 쑥맥을 탈출할 수 있나요?"

꽤나 진지한 물음이었다. 사연자는 중학교 남학생으로 현재 짝사랑을 하고 있었다. 사연을 살펴보니 짝사랑 대상은 초등학교를 같이 나온 동창이지만 접점도 없고, 사연자의 성격 또한 말주변이 없는 데다 쑥스러움이 많아 어떻게 친해져야 할지 방법 또한 모른다고 했다. 그럼에도 자신의 마음이 너무나 커져 용기를 가져 보고 싶다고, 어둑어둑해진 어느 날 저녁에 용기를 내어 찾아왔다.

어린 시절, 어머니가 마트에서 사 온 옷을 입고, 아버지의 손에 이끌려 지금은 하고 다니지 않을 까까머리 스타일로 다녔을 그때, 이성은 내 사전에 없던 단어였다. 고백은 부끄럽고 피해야만 하는 것 중 하나였고, 특히 '친구들에게 놀림받는 행위'라는 인식이 내 머릿속을 지배했다. 그보다 더한 이성 간의 교제, 즉 사귄다는 것은 그 놀림받는 행위를 일상화하는 것이었다.

어느 추운 겨울 날, 크리스마스를 앞둔 시점. 내게도 가슴속 사전에는 없는 단어가 불현듯 찾아왔다. 내 앞자리에 앉은 여학생이 나에게 크리스마스 편지를 써 주겠다고 했다. 까까머리와 그 시절 유행했던 어머니표 구릿빛 골덴 패션 스타일인 나와는 상반되게, 그녀는 알록달록 머리띠를 했으며 동글동글한 안경을 쓰고 있어서인지 꽤나 귀엽고 순수해 보였다. 다음 날 그 친구의 손에는 여러 명에게 전해 줄 크리스마스 인사 편지가 들려 있었고 나에게 그중 하나를 건네주었다. 읽어 보고 싶어 손을 갖다대기 무섭게 그 친구는 꼭 여기서 읽지 말고 집에서 읽어 보라 신신당부를 했다. 그리고 그녀는 수업 시간 내내 나를 눈치라도 주듯 쳐다보곤 했다. 그때까지만 해도 그녀가 주는 눈치의 의미를 전혀 알지 못했다.

하교 후 집에서 부랴부랴 가방에 넣어 둔 편지를 읽자 그제야 그녀가 왜 그리 눈치를 주었는지를 알게 되었다. 편지의 내용은 어린 여학생이 표현하기엔 꽤나 직설적이었다.

"크리스마스 선물로 너를 갖고 싶어."

그렇다. 고백을 받은 것이다.

이것은 나에게 갑자기 찾아온 혼자선 풀 수 없는 숙제와도 같았다. 가슴이 쿵쾅거리고 식은땀이 났다. 쥐구멍에 숨고도 싶었다.

부끄러웠다. 놀림받는 것은 죽도록 싫었다. 그녀의 용기 있는 고백이 나에겐 괴로움이었다. 놀림받을 것이라는 생각이 나를 더욱 힘들게 했다. 안절부절했을까? 초조했을까? 불안했을까? 친구들에게 들킬까 노심초사 걱정했을까? 이 불안함을 이겨 내기 위해 거절을 했을까?

나는 그녀의 용기를 무시했다. 나는 거절 대신 무응답으로 그녀를 회피했다. 나는 정말로 나쁜 사람이었다. 용기를 내서 마음 표현을 한 그녀에게, 거절 대신 선택한 무응답은 그녀의 마음을 더 아프게 했을 것이다. 편지 고백 이후 한 달쯤 지난 시점, 편지를 건네준 그녀와 함께 다니는 절친한 친구가 나에게 찾아와 말했다.

"너 그 편지 읽어 봤어?"

이 물음은 나를 더욱 불편하게 만들었다. 나는 참으로 못난 녀석임에 틀림없었다.

"무슨 편지? 응 크리스마스 편지 잘 받았지. 왜? 무슨 일 있어? 잘 모르겠는데?"

그 말의 뜻을 정확히 앎에도 이러한 대답과 함께 상황 자체를 모면하고 싶었다. 나는 쓰레기였다.

그 편지를 건넨 어린 여학생의 심정은 어땠을까? 편지를 쓰는 동안에는 설레었을까? 나와 함께하는 핑크빛 미래를 꿈꿨을까? 그러나 그녀가 내게 준 크리스마스 편지와는 다르게, 나에게 받은 크리스마스 선물은 거절도, 승낙도 아닌 무응답이었다. 그녀는 괴로웠을까? 쥐구멍에 숨고 싶었을까? 부끄러웠을까? 아니면 편지를 내가 빠트리고 전달 안 했나, 다른 친구의 크리스마스 편지에 들어갔나? 하는 오만가지 상상과 함께 하루하루 불안함과 초조함에 잠조차 이루지 못했을지도 모르겠다. 자신의 절친한 친구를 통해 물어보기까지 얼마나 애달프고 힘든 시간을 보냈을까? 그 시절의 고백을 전한 어린 여학생은 어린 남학생인 나보다 성숙했겠지. 당시 나에게는 놀림받는다는 것을 이겨 낼 자신감도, 그녀를 보고 거절할 용기도, 승낙할 투지도 없었다.

나는 겁쟁이였으며, 어설픈 연기자였다. 아무 일도 없었다는 듯 학교 수업 시간과 쉬는 시간 내내 연기하는 나의 모습이 너무나 못났고, 웃기고, 어설프고, 가증스럽기만 했다. 내 마음에 소란이 한바탕 일어난 이후에도 그녀 외의 다른 동급생 친구들에게 고백받을 일이 두어 번 더 생겼는데, 이때도 나는 그저 회피하고 무시했다. 힘들게 마음을 전한 그녀들에게, 자신감과 용기, 투지를 가진 그녀들에게 나는 단 한 차례도 정중하게 또는 나쁘게 거절할 용기가 없었다. 나 또한 호감이 있음에도 불구하고 승낙할 용기도 내지 못했다. 그저 아무 일 없었던 것마냥 무시하고 회피하고, 수업 시간마다 흘끗흘끗 눈치 보기만 했다. 그저 도둑 고양이였다. 한 시간에 10번이고 100번이고, 벽에 걸려 있는 시계 옆에 앉은 그녀의 눈을 피해 몰래 도망치듯 쳐다보는 것밖에는 할 수 없었다. 어쩌다 눈이 마주쳤을 땐 시계를 보는 시늉을 했다.

시간이 흐른 지금의 나는 혼자 애달프게 마음을 쓰는 짝사랑이 싫다. 짝사랑은 가슴 아프다. 일련의 과정들이 있었기에 지금의 가치관이 형성되었을 테지. 지금의 나는 상대의 몸짓과 제스처, 언어 표현, 더 나아가 카카오톡을 주고받는 것 등을 고려해 이성이 나에게 관심을 갖고 있는지 아닌지 짐작할 수 있다. 이는 다년간 많지는 않지만 이성을 만나 오며 그러한 감각이 키워졌을 수도 있고, 사람들을 많이 만나다 보니 행동 데이터가 쌓여 나도 모르게 지각 능력이 생겼을 수도 있다. 지금은 썸의 성공? 실패? 결론적으로 이런 건 중요하지 않다. 그만큼 연애 자체가 하나의 전략 시뮬레이션 게임이 된 듯하다. 스타크래프트에서 마린을 뽑으려면 배럭을 지어야 하듯 말이다. 어른의 연애일까. 이제 나에겐 그 시절 풋내기 같은 모습은 없고 썸이란 알콩달콩한 의식 행위는 무시되고 생략될 수도 있다. 그저 한 이성이 나에게 호감이 있는 것 같다고 동물적인 감각이 나를 깨울 때 이 상황을 놓아주지 않을 뿐이다. 이것이 진정으로 용기 있는 행동일까?

이런 나인데, 어떻게 어린 중학생 사연자의 고민을 올바르게 대할 수 있을까? 나는 아직 연애에 있어서는 못난 어른임이 분명하다. 나를 좋아했던 그대들도 나에 대한 이 감정, 짝사랑을 끝내고 싶었겠지. 그렇기에 나에게 마음 표현을 끝끝내 했을 것이다. 하나 지금에서야 고백한다. 내가 못나서, 내가 나빠서, 내가 쓰레기라서, 내가 겁쟁이라 그대들에게 상처를 줘서 너무나 미안하다. 지금의 나를 만들어 준 어린 시절 그녀들을 다시 만난다면 미안하다고 꼭 말해 주고 싶지만, 정말로 미안하게도 난 아직도 그들에게 얼굴을 들이밀고 사과할 용기도, 고맙다고 표현할 그릇도 되지 못한다. 우연히 그대들과 마주할 날이 온다면, 지금의 능구렁이 같은 뻔뻔함은 없고 다시 그 시절 어린 소년의 모습을 보일 것만 같다. 그저 어떡하지 하는 겁쟁이 같은 마음을 숨긴 채 어설픈 연기를 하는 연기자처럼.

헤어지던 그날,
우리는 분명 연기를 하고 있었다

위대성

시작은 뭐, 열병이었다.

　그랬다. 나에게도 첫사랑은 열병이었다. 갑작스러웠고, 치명적이었다. 그녀는, 첫사랑은 십 대 소년의 세계에서 가장 커다란 보물이었다. 이 작은 세계의 만물들은 너도나도 이 보물을 아꼈지만, 정작 보물을 다루는 법을 몰라 참 헤맸다. 소년의 몸에 있는 모든 세포는 한껏 흥분하고 신경을 곤두세웠지만 정작 무엇을 어떻게 해야 하는지는 몰랐다.

　소년이 소녀를 집으로 돌려보내는 데 한 시간은 너무 짧았다. 데이트를 마치고 걸어서 오 분 거리를 바래다주는데 적어도 수 시간은 필요했다. 무슨 할 얘기가 그렇게 많은지. 소년은 소녀와 소녀의 집 앞에서 한참을 서성이다 마침내 "안녕, 잘 들어가"하고 말할 때면 그렇게나 가슴이 먹먹했다. 그렇게 서서히 닫히는 현관문 사이로 밝게 웃으며 손을 흔드는 소녀를 보다 쾅, 문이 닫히고 나면 더 이상 이 서글픈 감정을 느낄 여유는 없다. 집으로 달려간다. 수화기 너머 소녀가 기다리고 있다. 늘 용돈이 부족한 십 대 소년은 무시무시한 요금 폭탄을 감당할 수 없다. 내달 부모님께 혼나겠지만 어쩔 수 없다. 집 전화를 빌린다. 밤이 깊어지고, 졸음이 몰려오지만, 이 수화기는 놓을 수 없다. 소년은 소녀와 단절되는 느낌을 참을 수 없었다. 소년의 세계에서 소녀는 어디서나 보이는 거대한 첨탑이었다.

감상에 젖었다. 그랬다. 분명 그랬다. 그 시절 나는 무엇보다 고귀한 여왕을 모시는 시중이었다. 내 모든 것을 기꺼이 내어 줄 준비가 되어 있었다. 분명 그랬다.

이별은 뭐, 냉랭했다.

참 대단했다. 분명 행동반경이 좁은 어린 나이였음에도 소년과 소녀가 함께 만든 에피소드는 시트콤 저리 가라 할 만큼 빠르게 쌓여 갔다. 온 동네의 골목 구석구석을 걸어다녔다. 낮에 보고 듣고 노래한 모든 경험은 밤의 통화에서 다시 등장하여 오디오를 가득 채웠다. 우리는 하루하루 얘기를 달리하며 울고 웃었다.

하지만 안타깝게도 소년과 소녀는 완전히 공유하지 못하는 각자만의 세계가 있었다. 각자의 세계에서 새로운 이성 친구들이 등장하면서, 소년과 소녀의 마음은 괴로워져만 갔다. 그렇게 서로의 여린 마음에 상처 주는 에피소드들이 새롭게 쌓이기 시작했다. 둘 사이 으레 하는 영원에 대한 약속은 어느새 종적을 감췄다. 소년은 그리고 소녀는 그렇게 서서히 지쳐만 갔다.

소년이 헤어지려는 마음을 굳혔을 즈음, 소녀는 소년의 세계에서 완전히 사라졌다. 세상의 중심이었던 첨탑은 처참히 무너지고 완전히 연소했다. 비록 잔해조차 남지 않았지만, 소년은 굳이 울타리를 치고 푯말을 세웠다. 그러곤 대뜸, 이곳은 이러이러한 추억의 장소이니 우리의 유산으로 남기자고 선언했다. 물론 알고 있었다. 대부분의 문화재가 그렇듯 이곳은 방문이 뜸할 것이다. 간혹 첫사랑을 노래하는 음악이 흘러나오면 한 번씩 들르겠지만.

섬뜩할 때가 있다.

열아홉 겨울, 하늘을 태울 듯 타오르던 사랑의 불꽃이 생생하다. 스물의 여름, 큐피드의 화살은 수명을 다했고, 가슴은 참 공허했다. 두 계절의 간극은 짧지만 그 깊이가 한없이 아득했다. 처음 맞이했을 때 도저히 믿을 수 없었던 이 온도 차는 십수 년이 지난 지금에서야 온전히 이해가 되곤 한다.

헤어지던 그날, 우리는 분명 연기하고 있었다.

영화 〈클래식〉을 보고 눈물을 훔쳤고, 소설 『오만과 편견』을 보고 밤잠을 설쳤기에, 우리의 첫사랑에도 그만한 의미를 부여하려고 애썼다. 우리에게 그 모든 과정은 운명이었고, 필연이었다. 만남은 아름다웠고, 헤어짐은 숭고했다. 비록 서로 말은 하지 않았지만, 우리는 잘 알고 있었다. 서로가 서로에게 충분한 연기와 서사를 선물해 줄 것을 믿고 있었다.

자연스러웠다. 소년은 우울한 감정을 노래했고, 며칠을 친구들과 술을 마셨다. 짐짓 괴로워하는 표정을 보이며, 23도 소주를 쉬지 않고 들이켰다. 소녀도 적당했다. 모두가 잠든 새벽에 걸려온 전화는 소녀 나름대로 눈물겨운 이별의 쓰라림을 상징했다. 그렇게 우리는 고상하고 아름다운 이별을 완성했다. 우리는 각자 다음 상대를 위해 필요한 만큼 성숙했고, 이제 적당한 이별 노래를 들을 때마다 한껏 감성에 취한 척할 수 있으리라.

그래, 베아트리체였다.

베아트리체. 헤세의 『데미안』에서 싱클레어가 광적으로 연모하던 여인. 미성숙하고 불완전한 싱클레어의 세계를 구원해 줄 것 같았던 여신. 그럼에도 그의 갈증을 해소해 줄 수 없었던 피상적인 한계. 어쩌면 목적지가 아닌 이정표에 불과했던 그 대상. 첫사랑이란 베아트리체였다. 단지 앞으로 만날 성숙한 사랑을 위해 깨달아야만 하는 숙제였다.

당연하게도 첫이별로 첫사랑을 완성했다. 온몸을 지배한 열정을 경험했고, 그 정열의 한계를 맞이했으며, 끝으로 사랑의 결실을 맺기에는 불꽃만으로는 충분하지 않음을 알았다. 이제 막 사랑학 개론을 펼쳐든 스무 살에게 이 교훈은 뼛속까지 시리게 차가웠던 기억이 난다. 정말 무섭도록 차가웠다.

03

더는 애쓰지
않아도 되는

한숨의 공백을 채우려고 노력하는 관계도 있었지만, 편안할
수록 그 공백들을 그냥 비워 두기도 했다. 한숨의 공백을 채
우려고 아등바등하는 관계는 피로했으며, 공백을 편안하게
비워 두는 관계는 편안하나 또 한편으로 허무했다.

또 하루를
살아가게 만드는 대화

이희수

누군가 나에게 친구를 정의 내리는 가장 중요한 요소가 무엇이냐고 묻는다면, 그것은 바로 '대화의 질'이라고 답하겠다. 약속을 잡을 때면 어김없이 '그 사람은 나와 좋은 대화를 나눌 수 있는 사람인가'에 대해 먼저 생각하게 된다. 별다른 게임이나 활동을 즐기지 않는 나로서는 대화 자체가 유일한, 그러나 가장 중요한 콘텐츠이기 때문이다. 그런 이유에서인지 나의 친구의 영역은 다른 사람들로 하여금 "너 그 사람이랑 어떻게 친해?"라든지, "너 걔랑 친하지 않았어?"와 같은 반응을 자주 자아내곤 한다.

좋은 대화의 기준은 모두가 다를 것이다. 어떤 사람들의 대화는 늘 공감이 넘쳐난다. 또 누군가는 가십거리와 자극적인 얘기가 없으면 대화를 이어 나가지 못한다. 한편 어떤 이들과의 대화는 주제가 무엇이었든 간에 결국에는 늘 정치적인 토론으로 흘러간다.

나의 기준에서 좋은 대화는 집에 돌아가서 자려고 누웠을 때, 또 하루를 살아가고 싶게 만드는 대화이다. 그러나 그런 대화는 자주 만나지 못한다. 좋은 친구를 자주 못 만나는 것처럼 말이다.

반면 내가 싫어하는 대화는 이런 것이다. 누구나 그렇듯 회사를 다니고 일상이 반복되면서 비슷한 얘기만 하는 날이 많아졌다. 설렘으로 기다렸던 일주일간의 기대를 박살내 버린 그날도 그랬다.

어느덧 20대 후반의 피곤한 직장인이 된 우리는 세상 모든 게 새롭고 즐겁던 스무 살에 만났다. 오랜만에 친구들을 볼 생각에 설레는 마음으로 월요일부터 금요일까지 겨우 버텼던 것이 무색하게도 그날의 대화는 참 공허했다. 회사에 대한 불평불만, 일에 대한 권태, 연애 고민, 돈 고민, 관계에 대한 고민 등등. 돌림노래처럼 같은 얘기만 이어졌다.

사실 그런 대화 자체가 문제는 아니다. 그렇지만 끝내 나를 공허하게 만들었던 것은 답이 있다는 사실이었다. 나도 답을 알고 너도 그렇기 때문에 자꾸만 공백이 생겼다. 공감을 해 주고 못하고의 문제가 아니었다. 각자는 자신의 불평불만에 대한 정답을 알고 있었다. 그리고 그것에 대해 스스로 행동하고 있지 않다는 것도 알고 있었다. 하지만 우리는 서로 얘기하지 않았고, 공백으로 무음 처리되었다. 대화는 기대에 가득 차 꼬리에 꼬리를 무는 얘기보다는 한숨으로 채워진 공백이 더욱 많아졌다. 그 공백을 채우려고 노력하는 관계도 있었지만, 편안할수록 그냥 비워 두기도 했다. 한숨의 여백을 채우려고 아등바등하는 관계는 피로했으며, 비워 두는 관계는 편안하나 또 한편으론 허무했다. 그런 대화를 한 날은 집에 돌아가서 잠을 청하려고 누운 뒤, 그다음 날 하루가 지나가도록 공허했다.

그럼에도 가끔씩은 또 하루를 살아가게 만드는 대화를 발견한다. 그런 대화들은 오히려 답이 없다. 말 그대로 정답이 없는 주제에 대한 얘기들이다. 정작 나이가 들수록 우리는 이런 얘기들을 좀처럼 꺼내지 않게 되었다. 마치 영화 〈비포 선라이즈〉에서 제시와 셀린느가 밤새 주고받는 시시콜콜한 각자의 궁금증 같은 것이다.

제시는 이런 질문을 던진다.

"넌 환생을 믿어? 5만 년 전에 인구가 백 만도 안 되었는데, 만 년 전엔 2백만이 되었고, 지금은 5, 60억이 되었어. 개개인의 독특한 영혼들은 어디서 온 걸까? 현대 영혼들은 고대 영혼의 조각이 아닐까? 5만 년 전의 고대 영혼이 5천 개씩 분해된 거야. 그래서 우린 정신적으로 뿔뿔이 흩어져 살게 된 게 아닐까?"

그러자 셀린느는 대답한다.

"글쎄?"

복잡하고 어려운 대화를 말하는 것이 아니다. 그저 머릿속에 떠오르는 궁금증 혹은 어떠한 것에 대한 각자의 생각이면 충분하다. 그런 대화는 한숨이 아닌 기대감으로 가득 차 있다. 나의 생각과 의견에 상대방은 정답을 제시하려 하지 않는다. 나도 상대방의 생각을 그렇게 대할 것이다. 우리는 그렇게 각자 자신의 생각을 아낌없이 탐험할 것이다. 그런 날의 대화는 너무나도 풍족해서 집에 가서 잠을 자려고 누운 순간부터 그다음 날 아침 눈을 뜨는 순간까지 행복하다. 나에게 그런 날의 대화는 또 하루를, 한 달을, 일년을 살아가는 힘을 준다.

나처럼 대화가 삶에서 중요한 요소라면, 좋은 대화를 기반으로 한 친구의 기준은 생각보다 아주 새로운 관계의 영역을 만들어 낼 것이다. 관성적으로 친구라고 생각했던 사람들과 만나고 어쩌면 당신은 피로함이 누적된다고 느꼈을지도 모른다. 나와 친구라고 부르기엔 애매한 나이나 직급의 사람일지라도 그 사람과의 대화가 항상 즐거웠다면, 그 사람은 당신의 친구 영역에 새롭게 추가할 만하다.

당신에게 또 하루를 살아갈 힘을 준 가장 최근의 대화는 어떤 것이었을지 궁금하다. 좋은 대화의 끝에 만족스럽게 잠을 청할 수 있는 숱한 밤이 더 많아졌으면 좋겠다.

가든, 가든 파티에
당신을 초대합니다

피곤하지만 행복한 강아지

나는 사람을 좋아하는 전형적인 강아지, 개(犬)과다. 앞에 있는 사람을 웃게 만들기 위해 아주 용을 쓴다. 아아, 상대를 웃게 하는 것보다 기분 좋게 만드는 것을 좋아한다. 매순간 상대의 장점, 찬사할 부분을 찾으려고 부단히 노력한다. 대화에서 발견되는 작은 메시지들을 포착하여, 화답할 때 꼭 한 번씩 언급한다. 어찌나 열심히 하는지, 술자리 도중 화장실에 들러 거울을 보고 메타인지를 할 때가 있는데, 그때마다 참 애쓴다는 생각에 헛웃음이 나오기도 한다.

당연하게도 거짓은 말하면 안 된다. 거짓은 티가 나고, 나의 진심이 전달되지 않는다. 아부는 감동적이지 않다. 굳이 거짓을 말하지 않더라도, 대부분의 사람은 장점이 곳곳에 숨어 있다. 작은 장점이라도 꼭 집어 언급하고 크게 얘기하면, 대부분은 처음에는 떨떠름하더라도 종국에는 뿌듯해 하거나 즐거워하고는 한다. 마침내 너와 함께하고 싶고, 더 깊은 우정을 나누고 싶다는 메시지를 완성해 낸다. 이렇게 상대가 전해지는 호감에 행복해 하거나 집에 가는 길에 잠시라도 행복감에 젖을 것 같으면, 비로소 나도 행복해지고는 한다. 상대가 오늘 행복했을 것이라는 상상만으로 그날 잠자리는 포근하다.

물론 당연하게도 가는 만큼 받지는 못한다. 애초에 바라서도 안되는 마음인데, 참 그게 쉽지 않다. 내가 준 만큼 받으려면 상대도 강아지과여야만 한다. 비록 주변에 좋은 사람이 많지만, 안타깝게도 진정한 강아지과는 그다지 많지 않다. 강아지과는 리액션만 봐도 알 수 있는데 대화 도중 박수를 치거나 감탄사를 연발하거나 '잘한다', '대단하다', '멋지다' 등 찬사를 쏟아 내는 친구들이다. 그리고 아쉽게도 이런 친구는 꽤 희귀한 편이다. 그러다 보니 드물게 강아지과 친구를 사귀게 되면 그저 감사하고 더 잘해 주고자 할 뿐이다.

강아지과들은 사람을 좋아하다 보니 그만큼 상처도 많은데, 정작 그들의 가슴에 박힌 비수는 누군가가 저지른 악행이 아니다. 오히려 악행은 모두의 동정을 살 수 있고 그들의 위로를 받으면 강아지과는 다시 힘차게 일어설 수 있다. 강아지과들이 진정한 상처를 받는다면 그건 바로 무관심이다. 나의 헌신을 배신한 정도가 아닌, 그 헌신을 존재하지 않았던 것으로 만드는 무관심, 오직 무관심뿐이다.

첫 번째 친구, 들

중학교 1학년, 몸에 맞지도 않는 커다란 교복을 입던 그 시절부터 어울렸던 친구들이 있다. 수염과 여드름이 자라는 못나고 못났던 그 시절부터 수백 일, 수천 일을 함께 놀았던 친구들. 이 친구들이 가장 많이 자고 간 '친구네 집'이 바로 우리 집이었다. 이 친구들 식성은 정말 어마무시했기에 어머니께서 아침밥 챙겨주시느라 고생을 많이 했다. 178cm, 80kg인 내가 친구들 중에서 가장 왜소했으니, 각자 덩치만큼만 먹어도 그 한 상의 차림새는 대단했었다. 그럼에도 어머니께서는 끼니마다 꼭 고기 반찬을 내주셨는데, 지금 생각해 보면 어머니 손도 참으로 크셨다.

그러고 보니 아버지께서는 술은 어른한테 배워야 한다며 이 친구들을 불러모아 종종 술 한 잔씩 사 주시기도 했다. 기억나는 씬은 허름한 일반 고깃집이었는데, 구워질 때마다 허겁지겁 고깃쌈을 입에 넣던 우리에게 맛도 지지리도 없는 소주를 한 잔씩 주셨다. 당신이 무슨 말씀을 하셨는지 지금은 전혀 기억나지 않지만, 나와 몇몇 친구는 그날이 첫 알코올 영접일이었을 테다.

가장 오래된, 가장 오래 만난 그리고 가장 오래 만날 친구들이라 생각했다. 학창 시절의 추억을 얘기하라면 이들과 함께한 에피소드가 팔할이라 좀처럼 배제할 수가 없다. 무슨 얘기든 어린 시절을 회상하다 보면 적당한 시점에서 이들이 등장하고는 한다. 뭐가 그렇게 좋았을까? 내 기억 속에서 너희와 함께한 모든 순간, 나는 웃고 있었다.

우정에도 이별이 있을까

오 년 전, 나의 결혼식에는 그들 중 단 두 명만이 참석했다. 그중 한 명과는 결혼식 전에 식사라도 함께해서 다행이었다. 내가 결혼식 사회를 봐 주었던 친구는 일이 바빠 참석하지 못했다. 오랜만에 본 친구들은 말끔했지만 이질감이 느껴졌다. 친구들은 짧은 축하 인사를 건넸고, 갈비탕을 맛있게 먹고 떠났다. 수백의 하객 중 그 둘은 눈에 띄지 않았고, 평범하디 평범했다. 우리의 감정은 고조되지 않았다. 우리는 마치 옆 팀 김 과장의 결혼식에 얼떨결에 참석한 것처럼 적당한 거리를 유지하며 서로를 바라봤다. 우리는 서로에게 특별하지 않았다.

그렇게 우리는 헤어졌다. 자연스러웠다. 우정은 옅어지고, 흩어지고 있었다. 나만 몰랐고, 나만 세차게 꼬리를 흔들고 있었다. 나만 많은 바람이 있었을 뿐이다. 그들이 사회를 봐 주길, 축가를 불러 주길 바랐다. 결혼 전 술 모임, 식사 모임이라도 한 번 해서 거하게 한 잔씩 돌리고 싶었다. 내가 너희를 정말 좋아한다는 것을 티내고 싶었다. 비록 자주 보지 못하더라도 우리 마음에는 진한 우정의 징표가 새겨져 있다는 것을 확인하고 싶었다. 부담스러운 바람이었을까.

진한 친구, 많은 친구

"저라는 사람은 울타리는 넓은데 집이 좁아요. 넓은 마당에서 많은 친구를 초대해 함께 뒤섞여 노는 것을 좋아해요. 하지만 언제부턴가 정작 집 안까지 초대하는 인원은 얼마 되지 않아요."

서른 후반을 바라보는 어엿한 꼰대로서, 술자리에서 종종 인간관계 주제가 등장할 때 쓰는 나름 고상한 표현이다. 멋진 사람을 만나면 쉽게 사랑에 빠지고, 시간과 공간을 함께하는 것만으로도 에너지를 얻지만, 정작 깊은 내면을 드러내고 진한 관계를 맺으려는 시도는 웬만하면 하지 않는다. 정원에는 드레스 코드를 맞춘 인사들이 북적북적한데 집 현관문은 굳게 닫혀 있다. 언제부턴가 익숙해진 모습이다.

어쩌면 당연한 것일 수도 있다. 서글픈 감정은 접어 보자. 그래도 내 좁디좁은 집에 걸려 있는 액자들은 아련한 추억을 한 움큼씩 담아내고 있다. 이들은 이곳을 들른 친구들을 기억해 준다. 액자 속의 우리는 환하게 웃고 있다. 나 역시. 어쩌면 앞으로 다신 지을 수 없는, 세상에서 가장 순수하고 맑은 미소를 보이며.

간헐적
고독

민수연

함께일 땐 혼자이고 싶다. 혼자일 땐 함께이고 싶다. 해 뜬 날 예고 없이 내리는 소낙비처럼 변덕스러운 내 성격은 관계 맺음에도 통용되는 듯하다.

　자랑할 만한 일은 아니지만 나는 서른이 된 지금까지도 부모님과 함께 산다. 가족과 떨어져 혼자 살아 본 경험은 대학 시절 해외로 6개월간 교환학생을 갔을 때와 몇 해 전 1년여간 파견 근무 간 게 전부다. 얼마 전 뉴스에서 30대 미혼 남녀의 절반 이상이 부모와 거주 중이라던데, 내가 그 절반 이상의 캥거루족인 셈이다. (혼자가 아니니 이 얼마나 다행인가!)

　아직까지 부모님과 함께 산다고 하면 어른이 되다 만 것 같나 보다. 하기야 나 역시 누군가에게 왕복 네 시간의 통근을 감수하면서까지 본가에서 살길 고수한다는 얘기를 들으면 철이 없거나 돈이 없거나, 아무튼 없어 보일 것 같긴 하다. 그동안은 그래도 외동이라, 언제 결혼할지 몰라서 같은 그럴듯한 핑계를 대며 상황을 모면했지만, 나이 앞자리가 3이 되고 나니 슬슬 신경이 쓰인다.

내가 독립을 망설이는 가장 큰 이유는 고립이 두려워서다. 시기적 애매함이나 돈 문제 같은 건 사실 부차적인 이유에 불과하다. 나는 고요함을 갈망하지만 동시에 동떨어진 섬이 되고 싶지 않다. 주변에선 처음에만 그렇고 살다 보면 혼자가 더 낫다고들 하던데 글쎄…. 아무래도 나의 유전자는 외로움에 취약한 모양이다. 찰나였던 자취의 경험은 내게 자유로움보단 짙은 외로움을 선사했으니까. 오죽하면 그땐 주말이 두려웠다. 아침 느지막이 일어나 눈을 떴을 때 쥐 죽은 듯 고요한 풍경, 공기조차 숨을 참는 듯한 그 느낌은 나를 숨 막히게 했다.

물론 가족과 함께인 지금은 갖은 소음과 끊이지 않는 대화가 나를 괴롭게 한다. 퇴근해 집에 돌아오면 쌀쌀맞게 방에 들어가 방문을 굳게 닫고 잠시간 혼자만의 시간을 갖는다. 밖에서 들려오는 텔레비전 소리가 나의 심기를 거스르면 시험을 앞둔 사춘기 학생처럼 방문을 벌컥 열고 소리 좀 줄이라고 잔소리를 한다. 주말 아침, 아직 해가 채 뜨지도 않은 꼭두새벽부터 달그락거리는 주방 소음도 스트레스다. 새벽 다섯 시에 한 번 깨고, 여섯 시에 또 한 번. 이렇게 선잠을 자고 나면 외로웠던 자취 시절이 그리워진다.

이럴 때 찾아오는 혼자만의 시간은 단거리 질주 후 마시는 물처럼 달콤하다. 얼마 전 부모님께서 일주일 정도 타지에 다녀올 일이 있었다. 퇴근 후 귀가해 현관문을 열었을 때 맞이하는 적막과 냉기는 새삼 내가 혼자라는 사실을 상기시켜 주었지만 동시에 홀가분하기도 했다. 아무 말을 하지 않아도 되어서 좋았다. 무표정한 얼굴로 밥을 먹을 수 있어서, 원하는 시간에 잠들어 눈이 떠지는 시간에 일어날 수 있어서 좋았다. 그 기간 희한하게 낮잠도 많이 잤는데, 알게 모르게 누적된 관계의 피로가 한순간에 몰려온 것이 아닐까 싶었다.

고요함을 벗 삼아 지내길 일주일, 다시 내 안에 관계의 따스함을 포용할 공간이 생겨난 것이 느껴졌다. 그날 밤 홀로 산책로를 걸으며 생각했다. 내게 필요한 것은 '간헐적 고독' 같다고. 영원한 단절도, 지속된 연결도 아닌 그 중간의 어느 지점, 단절과 연결이 균형을 이룬 삶을 원하는 것 같다고 말이다.

엊그제 부모님이 집에 돌아오셨다. 고작 일주일하고 며칠 더 떨어져 있었을 뿐인데 오래간만에 느끼는 사람 온기가 무척이나 반가웠다. 괜스레 아이처럼 부모님 주변을 맴돌며 살을 부볐다. 그리웠던 강아지까지 꼭 품에 안고 나니 마치 오랜 여행 후 집에 돌아온 것 같았다. 여행 후 이야깃거리를 풀어놓듯 애써 노력하지 않아도 그간 쌓아 둔 대화 거리가 자연스레 새어 나온다. 그래, 내겐 이런 간헐적 고독이, 이런 간헐적 화합이 필요했다.

거울

이인상

요즘 좀 울적하더라. 서른이 되어서 그런가? 가수 김광석의 〈서른 즈음에〉가 막 떠오르고 그러더라. 가사 속 내용처럼 머물러 있는 청춘인 줄 알았는데, 비어 있는 내 가슴속엔 더 아무것도 찾을 수 없더라. 공감도 많이 되는 구절이야. 왠지 함께 여행을 떠나고 싶은데 요즘 좀 바쁘고 시간도 없다며? 이런저런 핑계로 함께해 주지 않더라. 내심 서운하기도 했어. 근데 괜찮아. 나도 바쁘고 혼자선 좀 그랬어. 이런저런 할 일도 많고, 시간도 없어. 나도 마찬가지야.

어린 시절 우리가 뛰어놀던 때를 기억하니? 지금은 운동을 귀찮아 한다지만 그때만 해도 넌 점심을 먹으면 으레 쉬는 시간마다 공을 차는 그런 꽤나 활동적인 아이였어. 이젠 삶이 피곤하다며 움직이는 것조차 힘들어 하더라. 해마다 올해는 운동을 하겠다며 다짐하는 모습을 보면 참 웃기기도 해. 올해도 말로만 할 거 뻔히 알아. 다이어트는 매일 계획만 하잖아. 꽤나 답답하기도 해. 살이 찌는 너의 모습을 보노라면 나 또한 자극이 되긴 하는데 그뿐이더라. 나도 똑같은걸.

어릴 때부터 우리가 기억하던 것만 풀어도 할 얘기가 참 많을 텐데. 길다면 긴, 짧다면 짧은 함께 지내 온 세월을 돌려 보면 영화 한 편은 족히 나올 것 같아. 아! 근데 극장엔 못 걸 것 같아. 우리 둘만 볼 것 같거든. 남들은 재미없어 할 거야. 나이가 한 살씩 먹어 가고 없던 주름이 생기면서 삶에 깊이가 더해지니 너의 얼굴이 참 많이도 바뀌어 가는 것 같아. 어린 시절에 너의 모습은 온 데간데없더라. 너무 변하는 건 좋지 않을 수도 있어. 뭘 그리 재고 따지는지, 좀 더 가볍게 즐기려고 노력 좀 해 봐. 어차피 고민해 봐야 해결 안 돼. 너도 잘 알잖아? 때론 어린 시절 아무 생각 없었던 순수함도 기억해 봤으면 좋겠다. 요즘 더 애늙은이가 되었던데 그거 맞아? 근데 이해는 해. 나도 요즘 아재 개그가 늘었거든.

그리고 아픈 데는 없어? 그 말 있잖아, 건강이 제일 큰 자산이라고. 한순간이라고 하던데 조심해서 나쁠 건 없어. 요즘 영양제 잘 나오더라, 그거 잘 챙겨 먹고. 아프면 병원 꼭 가고. 아 그리고 가족은 별일 없지? 아버지는? 어머니는? 아프신 곳은 없고? 아, 동생을 빠뜨릴 뻔했네. 아무리 바쁘더라도 집에 전화는 자주 하고 그래. 타지에 있는 자식 때문에 부모님은 항상 걱정 많으시니깐. 이번 주에 전화 안 했다면 아직 늦지 않았어. 지금 당장 오늘이라도 전화해. 부모님은 매일 자식 목소리 들어도 모자라실걸?

아 참, 요즘 너와 잘 맞는 사람을 찾았다며? 그동안 힘든 모습을 지켜봐 왔던 나잖아. 그게 참 마음이 아프더라고. 지금 너의 모습에 내가 다 기쁘더라. 마음이 가는 사람이 생겼다는 건 너무나 축하할 일이지. 하나 아직은 알아가는 단계니까 너무 설레발은 치지 마. 설레발이 어떻게 되는진 너도 잘 알잖니. 그래도 정말 잘되었으면 좋겠다. 이건 내 진심이고 너의 진심이겠지. 이젠 상처받고 울적한 모습은 안 보여 주면 좋겠다. 그나저나 어떤 사람이야? 예쁘니? 얼핏 보니 성격은 좋은 것 같던데. 다음에 좋은 얘기 들려주면 좋겠어.

그리고 나도 좀 챙겨주지 않으련? 너는 그 조그만 곳에서 나를 바라보기만 할 뿐이잖아. 너를 잘 안다고 생각했는데 요즘 부쩍 네가 낯설더라. 그저 내가 웃으면 너도 웃고 내가 울면 너도 울어 주는 모습만 있더라. 속마음도 좀 비춰 주고 하면 좋을 텐데 말이지. 친구끼리 서로의 속마음을 다 안다는 게 쉬운 건 아니긴 해. 말하지 않아도 알아요 하는 건 '초코파이' 광고에서나 통용되는 거지. 우린 좀 다르잖아? 서로가 사는 세계가 같은 듯 다른걸. 그래서 그런가, 좀 낯선 건 사실이야. 낯설다는 게 아마 서로의 마음을 몰라서가 아닐까? 나도 내 맘이 어떤지 잘 몰라. 너의 상태가 어떤지 잘 모르는 건 아마 당연한 게 아닐까 싶다. 그냥 우린 어쩌다 보니 친구였고 어쩌다 보니 같이 지내 왔던 거지. 뭐, 그런 거 아니겠어? 별게 있겠냐. 그냥 지금처럼 소주나 한 잔 같이하면서 이런저런 얘기나 하는 거지 뭐. 잘 모르면 뭐 어떻겠어. 달라질 건 너와 나 사이엔 없어. 그냥 지금 네가 곁에 있고 내가 옆에 있는 게 중요한 거지. 이거보다 중요한 게 뭐가 더 있겠어.

　그래도 있잖아. 이거 하나만큼은 명확하더라. 나를 제일 잘 아는 녀석은 너뿐이더라.
　네가 나의 제일 친한 친구더라. 그게 너이자 나더라. 작은 세상 속 거인이여.

그들의 색(色),
남원에 두고 온 것들

지난밤 몹쓸 스트레스로 인해 잠을 설쳤다.

　아침에 울고 있던 정체 모를 새소리는 나를 더욱 스트레스에 빠지게 만들었다. 지난주에 받은 '오후 2시까지 남원의 집결지로 와 주세요'라는 문자를 보고 터벅터벅 새벽부터 나갈 준비를 했다. 아침 8시, 설렘인지 모를 몽롱한 정신으로 운전대에 몸을 지탱한 채 고속도로를 달려보았다.

　"전방에 터널입니다."

　차 내에 울려퍼지는 내비게이션, 그녀의 소음과 함께 멀리서 보이는 터널이 나의 가슴을 옥죄어 왔다. 그간의 스트레스가 극에 달해 지독한 악취가 내 머릿속을 괴롭혔다. 장시간 운전을 해 가며 연신 혼잣말로 화를 내보기도, 웃어 보기도, 울어 보기도, 흘러나오는 음악 소리에 맞춰 우스꽝스럽게 노래를 불러 보기도 했다. '내가 미쳤나?' 조용히 담배를 꺼내어 입에 물었다.

무더운 여름, 18일이라는 시간, 14명의 새 가족을 마주했다. 피한 방울 섞이지 않았음에도 우리는 가족과도 같은 형상이었다. 각자가 살아온 환경, 이곳에 온 목적도, 성격도 다르다. 하지만 이내 우리라는 사람들은 한 지붕 아래에서 함께 부대끼며, 때로는 가족처럼 때로는 친구처럼 나름의 시간과 기억을 만들어 갈 것이다. 그대들이 어색하지만 멋이 있는 웃음으로 첫인사를 건넸다. 나도 화답하듯 빙그르한 말과 함께 온화한 미소로 인사했다. 그대들은 어떤 얘기를 품고 있을까? 나의 실없는 얘기보다는 그대들의 얘기가 더욱 궁금해지는 어느 아침이었다.

'어라 그 녀석 분명히 주머니에 넣어 뒀는데? 어디다 뒀지?'

새벽부터 분주하게 밥짓는 소리가 들려왔다.

"잘 잤어요?"

눈을 뜨기가 무섭게 누군가 아침부터 말을 건네 왔다. 통상 아침을 거르는 나로선 그 시간에 잠을 더 자는 게 좋겠다고 생각했지만, 그대들이 정성스럽게 차려 준 아침밥을 먹는 것을 선택했다. 그래, 여기에서 지내는 만큼은 평소 그간의 나와는 다르게 살아 보자는 결심을 했다. 한밤중 남원의 요천을 따라 달리기도, 새벽 등산을 해 보기도 하며 서울에서의 나의 모습은 버리기로 나름의 노력을 해 보았다. 아무 생각 없이 코스를 달리다 보면 어느새 땀으로 세수하는 나를 볼 수 있었다. 공허 속에서 헥헥거리는 가쁜 숨소리만 들려왔다. 그러다 문득 풍경을 바라보노라면 그리고 먼저 달리던 그대들이 지나간 자리에 우두커니 서서 차가 지나다니는 소리를 듣노라면 옥죄어진 가슴이 느슨해졌다. 이내 세상의 모든 것을 가진 것마냥 생각에 잠기기도 했다.

'웬 어울리지도 않는 감성이래.'

연신 땀과 함께 가쁜 숨을 몰아쉬며 연기를 뿜었다.

그대들과 함께 저녁 반상을 빙자한 술상에서 별안간 술을 마셔도 보았다. 소주와 막걸리의 알싸한 알코올 내음과 달콤하면서도 쌉쌀한 맛이 나에게 얼른 안주를 보채게 했다. 그간의 피로를 달래라며, 그들이 해 준 저녁은 나의 염치를 찾았다. 술 한 잔에 알맞는 얘기를 피우다 보면 시계 분침이 몇 바퀴나 흘러갔을까? 날은 어둑어둑해져 가로등 불이 하나둘 켜지고 마음속에는 원치 않는 어둠이 찾아오지만, 그대들과 함께 장을 본 재료들로 만든 향긋하면서도 달콤한 샹그리아 그리고 노르스름한 계란말이는 너무나도 맛이 있어, 그대들 그리고 술과 함께라면 나의 어둠을 잊기엔 충분하다는 착각에 빠져도 보았다.

'아, 설거지나 해야겠다.'

어느 늦은 밤, 별을 보러 가자는 그대들의 아우성이 들렸다. 그들의 얘기가 더욱 궁금해지는 밤이기에 조용히 차 키와 카메라를 챙기고 두툼한 외투를 걸쳤다. "가자" 하는 외침과 함께 일제히 어수선하면서도 일사불란한 움직임을 보였다. 구불구불한 산길을 따라 그간의 운전 실력을 발휘하다 보면 어느새 하늘 위, 별들이 빼곡히 자리잡은 정령치에 도착했다. 먼저 온 손님들을 피해 어느 조용하면서도 한적한 공간에 돗자리를 펴고 그대들과 함께 어깨를 나란히 하다 보면 얼굴 위로 화려한 별똥별이 우수수 떨어졌다. 와! 하는 감탄사와 함께 그대들과 나는 일제히 소원을 빌기에 여념이 없었다. 하늘에 수놓인 은하수를 따라 그대들의 별과 같은 얘기를 듣다 보면, 어두운 밤하늘만큼이나 짙은 마음속의 어둠이 걷히고 터널을 벗어나 그녀의 소음도 없는 평안이 찾아왔다. 그대들의 사랑과 꿈을 담은 얘기는 음표였으며, 정령치의 별은 오선지였다. 그날의 기억은 내게 있어 생애 들어 보지 못할 명곡의 악보였다. 아름다운 별의 선율을 따라 반딧불과도 같은 음악에 몸을 의지하면 안 좋은 기억들도 점점 흐릿해져 갔다.

"오늘 밤 보았던 별을 잊지 못할 것 같아요."

그대들의 밤중 감동의 향연은 메아리처럼 퍼져 나왔다. 그렇게 그대들이 정령치의 별을 집 안까지 가지고 온 탓에 피지도 않을 담배만 만지작거렸다.

'손이 어색하다.'

"잘 잤어요?"

또 아침이 찾아왔나? 아니, 오지 않을 것만 같던 마지막이 찾아왔겠지.

포옹과 함께 그대들과도 작별을 했다. 누군가의 울음이 터졌다.

정이 들었겠지. 뒤이어 다른 이의 눈에도 울음이 터졌다.

　'씁쓸하다.'

　　이곳 서울 땅에서, 수개월이 흐른 지금 여전히 나는 그때의 밥 짓는 소리와 별을 보던 때를 그리워한다. 이제는 그간의 스트레스에서 벗어났는지 아침에 시끄럽게 떠드는 새소리조차 정겨워졌다. 언젠가 그대들의 별똥별이 생각날 즈음이면 '잘 지내시죠?'라고 속으로 안녕을 빌어도 본다. 하나 그대들의 생각도 잠시, 이곳 서울, 나의 도시는 여전히 이따금씩 "전방에 터널입니다" 하며 나를 혼란스럽게 만든다. 아직 나의 별똥별은 채 닿지 않았나 보다. 아니, 어쩌면 급히 서울에 온 나머지 추억이 깃든 그곳에 별똥별을 빠뜨리고 왔는지 모르겠다. 나를 시험에 빠지게 만들었다. 몹시 초조했다. 그토록 소중한 것이었는데 멍청했다. 담배를 찾아 손에 쥐어 보았다. 익숙했다. 그대들의 색(色)이 빠진 칠흑 같은 어둠 속에서 있지도 않을 나의 별똥별을 찾아보았다. 착각에 빠질 상그리아가 필요했다. 가로등 하나가 나를 비추는 와중 조용히 라이터를 딸깍딸깍댔다. 나의 도시엔 여전히 연기가 자욱하다.

　"후우…."

존재의
개연성

어릴 적부터 어른들은 '사람은 가정 분위기를 봐야 한다'는 편견 섞인 말을 하곤 했다. 나는 이 말을 좋아하지 않았다. 그럼에도 불구하고 나이가 들수록 이 말이 점점 이해가 되기 시작한 것은, 결국 사람은 자기가 가장 가까이에서 경험한 사랑의 형태를 배우고 답습하는 것임을 알게 된 뒤였다.

그렇게 딸은
또다시 엄마를 낳는다

이희수

'당신의 사랑이 당신 자신이다.'

누구나 겪는 20대 후반의 자아에 대한 끊임없는 고민들 속에서 읽었던 김동조 트레이더의 『나는 나를 어떻게 할 것인가』라는 책의 한 문장이었다. 당신의 사랑이 당신 자신이다. 나를 설명할 수 있다고 생각했던 수많은 것을 뒤로하고, 나를 정의 내릴 수 있는 것은 바로 내가 누군가를, 무언가를, 나 스스로를, 이 세상을, 사랑하는 방식이고 형태라는 것이었다. 이 문장은 나의 심장을 바닥까지 곤두박질치게 만들었다.

어릴 적부터 어른들은 "사람은 가정 분위기를 봐야 한다"라는 편견 섞인 말을 하곤 했다. 나는 이 말을 좋아하지 않았다. 가정 분위기가 자신의 선택 사항은 아니지 않은가. 누군가는 운이 좋게 행복한 가정에서 태어났을 것이고, 누군가는 운이 나쁘게 힘겨운 가정에서 태어났을 수 있다. 그럼에도 불구하고 나이가 들수록 이 말이 점점 더 이해되는 것은, 결국 사람은 자기가 가장 가까이에서 경험한 사랑의 형태를 배우고 답습하는 것임을 알게 된 뒤였다. 그런 의미에서 나를 정의 내리는 나의 사랑의 형태는 내가 태어나서부터 지금까지 공기처럼, 물처럼, 나 자신처럼 경험했던 엄마의 존재였다.

엄마는 30살에 다시 0살이 되었다. 내가 태어난 것이다. 우리는 하나였다가 둘이 되었다. 엄마의 입으로 먹는 모든 것이 내 배로 들어와 다시 그 노폐물은 엄마를 통해 나가던 시기를 지나서 나는 나 스스로의 입과 항문을 가지고 태어나게 되었다. 한 살이 되어 걸음마를 떼고 두 발로 걷기 시작했을 때 그녀는 마치 자신이 이 세상을 처음 걷는 것처럼 기뻐했다. 처음 유치원에 등원하며 사회로 나갈 때 그녀는 자신의 딸만큼 두려워했고 동시에 설레 했다. 초등학교 시절 딸이 이성에게 처음으로 좋아한다는 감정을 느끼게 되었을 때 그녀는 자신의 첫 이성에 대한 감정을 기억했다. 중·고등학교 시절 대학 진학을 위해 공부를 했을 땐 그녀도 이 시대의 수험생이었다. 대학에 와서 한 딸의 첫 연애에 그녀는 기억 저편에 있던 남편과의 스무 살 적 연애를 떠올렸다. 딸의 첫 연애가 끝났던 어느 날, 엉엉 울며 집에 돌아온 딸을 끌어안고 그녀는 자신의 첫 이별인 것처럼 더 오래도록 가슴 아파 했다. 그녀는 딸이 나이 들어가는 그 시간들 속에서 딸의 인생을 함께 살았고, 또 딸을 통해 자신의 인생을 한 번 더 살았다.

그들은 하나였다가 둘이었고 또다시 하나였다. 그러나 그들은 원래 하나였다는 사실과 지금은 둘이 되었다는 사실을 종종 잊기도 했다. 엄마는 둘이 되었다는 사실을 종종 잊었다. 딸이 그녀 자신이 아니라는 사실은 딸의 인생을 함께 살아온 사람으로서 받아들이기 힘든 사실이었다. 딸은 가끔은 냉정하고 잔인하게도 그 사실을 받아들이라고 말하곤 했다. 딸은 그들이 원래 하나였다는 사실을 종종 잊었다. 딸은 엄마의 삶보다 자신의 삶은 더 나을 것이라고 오만하게 생각했다. 그래서 문득 자신에게서 보이는 엄마의 말투, 얼굴, 행동, 표정과 감정의 형태에 놀라곤 했다. 그것은 자신의 미래를 엿보는 것만 같았다. 이대로 관성적으로 산다면 자신의 미래가 어디에 도달해 있을지, 자신이 어떤 모습일지 알 것만 같았다. 가끔 미래는 모르는 것보다 미리 알아 버리는 것이 더 두려운 일이었다.

하지만 동시에 점점 더 엄마를 닮아가는 자신을 발견하면서 엄마의 모든 행동과 감정을 이해하게 되었다. 엄마는 냉장고에 순두부가 날짜가 지났음을 알면서도 확인하기를 꺼려 했다. 엄마의 종아리에 난 볼록한 종양을 병원에 가서 확인해 보라고 해도 그녀는 무섭다며 가지 않았다. 가세가 기울게 된 계기였던 아빠의 퇴직 이후 자신이 입고 싶은 옷, 쓰고 싶은 화장품, 가고 싶은 곳에 대해서는 모두 함구했다. 그녀는 단 한 번도 쓴소리를 하지 않았다. '화를 내고, 슬퍼하고, 갖고 싶어 하고, 맞닥뜨리란 말이야!'라고 엄마에게 소리치고 싶었지만, 돌이켜 본 나의 모습은 이미 그

말조차 삼키고 있었다. 어른이 될수록 나는 그토록 원하지 않았던 엄마의 모습인 삼켜 내고 삭혀 내는 사람이 되어 있었고, 그것이 결국 그녀에게서 답습하여 지금 나의 정체가 되어 버린 나의 사랑의 형태였다. 왜 그녀가 날짜가 지난 순두부를 확인하지 않았는지, 종양을 확인하러 병원에 가기 두려워했는지, 자신의 욕구쯤은 삼켜 내야만 했는지, 아무런 질책도 하지 않았는지, 그 모든 행동이 그녀의 사랑의 형태였고 나의 행동이 되어 있었다. 엄마의 사랑이 나 자신이었다.

최근 아이를 낳고 싶다는 쪽으로 생각이 기울게 되었던 것은 언젠가 다가올 엄마의 죽음에 대한 생각이었다. 아니, 더 정확하게는 엄마의 엄마인 외할머니의 죽음에 대한 생각이었다. 59살의 엄마는 올해로 87살이 되신 외할머니를 과거 나에게 그랬듯이 자신의 딸처럼 살뜰히 챙긴다. 외할머니는 87살의 딸이 되셨고, 그녀의 딸인 나의 엄마는 할머니의 엄마가 되었다. 할머니는 아주 어릴 적의 내가 그랬던 것처럼 보살핌이 필요하고, 기저귀를 해야 하며, 말과 행동이 명확하지 않다. 엄마는 자신의 엄마이자 자신의 딸이 된 할머니를 자신의 형태의 사랑으로 보살피고 있다. 엄마의 사랑은 할머니에게 물려받은 것일 것이다.

할머니에게서 물려받은 사랑을 엄마는 나에게 물려주었다. 셋은 서로에게 엄마였으며 딸이었다. 나에게도 언젠가 엄마의 엄마가 되어야 할 날이 올 것이다. 그리고 나에게 아이를 낳을 기회가 생긴다면, 내가 낳을 그 아이는 또다시 나의 엄마가 될 것이다. 그렇게 딸은 또다시 엄마를 낳게 될 것이다. 그렇게 이 세계의 사랑의 총량의 법칙이 유지되어 내려오고 있었다.

엄마는 매일
나의 아침을 차려 준다

민수연

엄마는 매일 나의 아침을 차려 준다. 아침은 주로 토스트나 과일, 요거트 같은 간단한 식사 위주다. 이따금 엄마가 여유 있을 때는 반찬 몇 가지와 밥과 국이 함께 내어지기도 한다. 엄마는 아침을 먹지 않기 때문에 나는 혼자 식탁에 앉는다. 그러는 동안 엄마는 분주히 출근 준비를 한다. 나도 식사를 서둘러 마치고 그릇을 개수대에 넣어 둔 후 나갈 채비를 한다. 엄마가 먼저 집을 나서면 뒤이어 나도 집을 나선다. 우리의 평일 아침은 대충 이런 식이다.

어떤 관계는 특정 시점에 갇혀 더는 자라나지 못한다. 나와 엄마의 관계가 그렇다. 내색한 적은 없었지만, 항상 내 마음속 깊은 곳에 박혀 있던 엄마의 말이 있다. 정확히 언제, 어떤 상황에서 흘러나온 말이었는지는 잘 기억나지 않는다. 다만 사춘기의 내가 어두컴컴한 방에 혼자 웅크리고 앉아 방문에 귀를 대고 엄마의 통화

소리를 엿들었던, 그 순간의 서늘한 공기와 감정만큼은 지금도 온몸이 서리도록 아주 똑똑하게 기억이 난다.

 "나도 가끔은 걔가 무섭다니깐."

 얼마 전 엄마와 단둘이 저녁 식사를 하다가 처음으로 이 얘기를 꺼냈다. 발단은 몇 달 전 서울에서 우리 동네로 이사 온 이모네 얘기를 하면서였다.

 "생각보다 이모네 잘 안 가네?"

 은근슬쩍 내가 물었고, 엄마는 기다렸다는 듯 그간의 설움을 쏟아 내며 답했다.

 "네가 이모네 이사 온 것 불편해 하고 피하는 것도 아는데 그래도 우리 언니인데 네 눈치를 보자니 나도 속상해."

 잠깐, 또 그 얘기. 나는 엄마가 외가 식구를 지칭할 때 '우리'라는 표현을 쓰는 것이 거슬린다. 우리 엄마, 우리 언니. 그들이 우리면, 그럼 난?

 순간 내 머릿속 핀트가 나갔다. 그래서 나도 말해 버렸다. 자존심이 상해서, 아니 어쩌면 나 자신도 외면하고 싶어서 차마 엄마에게 하지 못했던 말들을.

 "엄마 왜 그때 이모에게 내가 무섭다고 했어? 내가 뭘 어쨌는데? 그때 그 말을 엿듣고 있던 내 심정이 어땠는지 알기나 해? 부모가 어떻게 자기 자식이 무섭다고 말할 수가 있어? 나가서 묻기도 겁이 나 못 들은 척, 괜찮은 척하고 욕실에 들어가 목욕물을 받으며 내가 얼마나 울었는지 알기나 해?"

십 년 넘게 품어 온 말이었다. 그런데 엄마는 자신이 뱉은 그 말, 아니 그 상황의 작은 부분조차 기억하지 못하는 듯했다. 하지만 무척 당황한 눈치였다. 내가 중학생이던 때 엄마는 이모에게 많이 의지했다. 매주 적으면 한 번, 많으면 세 번까지 분당 우리 집에서 서울 이모네를 왕복했으니, 그것도 직장이 있는 사람이. 당시 엄마가 얼마나 심정적으로 이모에게 의지했는지 짐작할 수 있을 것이다. 그때 엄마는 가까운 이의 위로가 필요했고, 그게 이모였고, 정신분석을 공부하기 시작한 이모는 객관적 판단이 힘들었을 자기 자식보다 나에 대한 말들을 쉽게 늘어놓곤 했다.

물론 나쁜 말들만은 아니었다. 그리고 당연하겠지만 이모 또한 어떤 의도를 가지고 내게 그런 말들을 한 것은 아닐 것이다. 하지만 한창 몸과 마음이 성장하는 시기, 그것도 예민한 사춘기의 나이에 누군가가 나를 계속 평가하고 분석하는 듯한 느낌은 절대로 유쾌하지 않았다. 그래서 그 당시 나는 특히 이모 앞에서 더 방어적으로 굴었고, 어쩌면 그런 태도들이 이모나 엄마에게는 딱딱하게, 달리 해석하자면 무섭게 보였을 수도 있다. 그러나 '무섭다'는 말보다 내가 더욱더 서러웠던 건 엄마가 내 편을 들지 않았다는 사실이었다. 그때나 지금이나 외가 식구와 관련된 일에 있어서 엄마는 쉽게 나의 편을 들지 않는다. 그리고 그 점이 나는 항상 서운했다.

그날 저녁도 그랬다. 엄마는 비록 자신의 말은 기억하지 못했지만, 과거의 자신이 이모에게 과하게 의지했음을, 그래서 그 점이 내게 때때로 상처가 되곤 했음을 분명히 알고 있었다. 하지만 엄마는 끝내 내게 미안하다거나, 그렇게 상처였다면 이모를 되도록 만나지 않겠다는 말을—물론 그런 극단적인 결말을 바란 것도 아니다—하지 않았다.

우리 사이에는 긴 적막만이 흘렀고 엄마가 애써 준비한 저녁 식사는 차갑게 식어 갔다. 나는 대충 눈물을 훔치고 딱딱하게 굳은 고기 몇 점을 아무렇지 않은 척 집어 먹었다. 자리를 먼저 뜬 것은 엄마였다. 엄마는 어떤 사과나 변명 대신 거의 손도 대지 않은 저녁 식사를 치우기 시작했다.

갑작스러운 대화 중단에 나 또한 비로소 정신이 들었다. 엄마에게 한바탕 쏟아 내고 난 후에는 항상 후회가 밀려온다. 이럴 땐 꼭 내 속에 못된 어린아이가 들어 있는 것 같다. 나는 엄마가 어릴 적 나를 더 보듬어 주지 못했음에 부채 의식이 있음을 잘 안다. 그래서 항상 내게 '너는 꼭 네 자식을 직접 길러라'라고 말하는 것임을, 또 매일 바쁜 와중에도 내게 아침을 차려 주는 것이 과거에 대한 사과인 동시에 일종의 애정 표현임을 잘 알고 있다. 그런데도 나는 가끔 이렇게 틈이 보이면 엄마를 모질게 후벼 판다. 엄마도 힘들었던 바를 모르는 것은 아니지만 내 상처가 더 크다고, 알아 달라고 떼쓰는 아이처럼 철없게, 때론 잔혹하게 엄마의 마음을 헤

집어 놓는다.

그래서 나는 종종 우리의 관계가 과거의 어느 시점에 머물러 있는 것 같다는 생각을 한다. 나는 엄마의 사랑이 필요했던 무수히 많은 그 시점들에, 엄마는 내게 사랑을 주지 못했던 그래서 미안했던 그 시점들에 여전히 머물러 있는 것이다. 힘들었던 시기를 함께 겪어 낸 우리는 서로의 상처를 이해하고 보이든, 보이지 않든 각자의 방식으로 나름의 노력을 한다. 하지만 어떤 결핍은 우리가 아무리 노력해도 끝내 채워지지 않는 것 같다. 어쩌면 우리는 결핍을 채우려고 노력하는 것이 아닌 결핍과 함께 살아가는 법을 배워야 할지도 모르겠다.

어색하게 끝나 버린 저녁 식사 이후 엄마는 여전히 나의 눈을 피하며 집안 곳곳을 부산스레 치우고 있었다. 다시 현실로 돌아온 나는 엄마에게 슬쩍 다가가 미안하다고 말했다. 흘긋 보니 엄마의 눈시울도 붉어져 있었다. 엄마는 아무 말 없이 나를 안아 주었다. 나도 엄마를 안아 주며 멋쩍게 웃었다. 그날 엄마가 안아 준 것은 지금의 나였을까, 아니면 어린 시절의 나였을까. 그리고 그날 나는 어떤 시점의 엄마를 이해하고 용서하기로 했던 것일까.

술은 어른에게 배워야 해

이인상

고요한 저녁, 전화가 울려왔다.

"대충 챙겨 입고 그 옆 골목의 할머니 통닭집 기억하지? 거기로 오너라."

아버지의 호출이었다.

드르륵하는 미닫이 문 소리에 일제히 가게 손님들이 나를 쳐다봤다. 쭈뼛쭈뼛거리다 열린 문을 다시 닫으니 한 손에는 닭을 또 다른 한 손에는 칼을 든 할머니가 "어 왔나. 느그 아버지 저기 있다" 하고 위치를 알려 주셨다. 아주 어릴 때부터 한 자리를 지켜 온 이 통닭집은 우리 부자에게 많은 추억을 만들어 준 장소이기도 했다. 이곳에서 아버지는 젊은 시절부터 중국을 오간 얘기, KTX도 없을 그 시절에 부산에서 서울을 매주 오가며 서예를 배워 온 얘기, 그의 스승에 대한 얘기들을 해 주며 젊을 때 어떻게 살아왔는지를 말씀해 주셨다. 그리고 마지막으로는 늘 그는 치킨을 먹으면서 할아버지 얘기를 해 주셨다.

그날도 어김없었다. 이 치킨만 보면 그렇게 느그 할아버지가 생각난다고 했다. 소주를 한 잔 드시고는 나지막히 잔을 내려놓는 그의 눈가가 촉촉해질까 싶을 즈음 TV에서 뉴스가 나왔다. 내일의 날씨는 어떻다는 둥, 요즘 사회가 어떻다는 둥. 어렸던 나에게 뉴스는 재미가 없었다. 그냥 치킨을 잡고 양념장을 찍는 데 온 신경을 쏠 뿐이었다. 나는 그렇다 할 할아버지와의 추억도 없었다. 내가 태어나기 전 할아버지는 이미 돌아가신 뒤였고, 할아버지가 어떤 사람이었는지는 알 수가 없었다. 다만 할머니 방에 걸려 있는 그의 초상을 보고 모습만을 짐작할 뿐이었다. 턱수염과 콧수염을 기다랗게 늘어뜨린 그의 초상을 보면, 돌아가신 뒤에도 이 집을 계속 지켜 가는 듯 따뜻한 안정감이 들었다. 그뿐이었다.

"여기 잔 하나만 더 주세요."

그러면 잠시 후 통닭집 할머니가 잔을 하나 가져다주시면서 "그래, 술은 느그 아버지 같은 어른한테 배워야 한다"고 덧붙이셨다. 할머니는 함께 뉴스를 보며 잠깐 아버지와 얘기를 나누었다. 북한이 어쩌고저쩌고… 할머니가 가자 아버지는 나에게 소주 잔을 하나 주시고는 술 따르는 법을 알려 주셨다.

"소주를 따를 땐 두 손으로 안정감 있게 받치고 손을 팔에다 올리든 소주병을 두 손으로 잡든 그건 편한 대로 알아서 해라."

그러고는 나에게 소주를 주시곤 따라 보라고 했다. 나름의 적절한 수준으로 따라 보았다.

"잘했다. 소주 잔을 1로 봤을 때 2/3 정도 7부로 따르거라."

사람마다 선호하는 술 양은 다르겠지만 7부가 관습이니까 그렇게 따르면 된다고 말씀하셨다. 아버지도 내 빈 잔에 소주를 7부로 따라 주셨다. 그리고 본인의 술잔을 조용히 들어 올리시곤 자신의 턱보다는 살짝 위로 그리고 앞으로 내미셨다. 나는 건배를 하려는 것이구나 짐작하여 술잔을 들어 갖다 대려던 찰나 "술잔을 맞부딪힐 땐 하급자가 상급자 술잔보다 살짝 아래를 쳐라"라고 말씀하셨다. 찰랑거리는 소리와 함께 술잔 속에 투명한 액체가 춤을 췄다. 그대로 입으로 가져가려던 중 "고개는 돌리고"라는 그의 말에 멈칫했다. 한동안 얘기와 함께 술잔을 계속 부딪혔고 한 번에 원샷으로 너무 많은 양을 마시진 말라며 제지하셨다. 그렇게 나는 아버지에게 처음으로 주도를 배웠다.

아주 어릴 때부터 '아빠' 대신 '아버지'라고 불렀던 나의 어린 시절은 힘든 점이 없진 않았다. 굉장히 엄한 나의 아버지는 어릴 때부터 나와 동생을 예절적인 측면에서 엄격하게 교육시켰다. 젓가락질부터 동네의 웃어른을 만나면 인사하는 것, 고통스러운 한문 숙제, 삼국지 베껴 쓰기 등 사소한 것까지 많은 부분을 가르쳤다. 서예를 하는 예술가이자 학자로서 아버지는 자식인 나와 동생의 행동이 그에게도 영향을 줄 수 있다고 생각했는지도 모른다.

내 나이 서른 줄에 다다르니 엄한 아버지의 모습은 좀처럼 찾아보기 힘들어졌다. 그도 나이가 듦에 따라 많이 유해졌으리라. 그리고 장남인 나를 믿는 만큼 많은 부분을 신뢰하고 넘어가리라. 지금은 그에게서 '나'는 믿을 수 있는 아들임과 동시에 편안한 술 친구다. 더 이상의 가르침도 없었다. 이제는 그가 왜 어린 나에게 고통스러운 숙제를 계속 내주었는지 이해한다. 한때 힘들고 고통스러웠던 숙제인 한문 외우기, 삼국지 필사 그리고 젓가락질과 주도도 단 한 가지를 바라보고 있었다. '예(禮)'. 예절이다.

아버지가 통닭집에서 나에게 마지막으로 가르친 주도는 날 항상 깨어 있게 만들었다.

"아무리 친한 친구 사이더라도 술은 두 손으로 따라 주고 두 손으로 부딪히거라."

'아니 친구끼리도?'

많은 반문이 떠오를 주도일지 모르겠다. 당장엔 몰랐지만 그것이 상호 간의 존중의 의미를 담고 있다고 짐작해 보는 것은 그리 어렵지 않았다. 그만의 주도는 나름의 의미가 있었다. 나는 아버지의 예절을 따라 그리고 그의 가르침을 따라 친한 친구에게도 두 손으로 술을 따르고 두 손으로 술을 맞부딪히는 것으로 나의 예를 표한다. 이것이 그의 존중 방식이자 나의 예를 표하는 방식이다.

"아들아, 술은 어른한테 배워야 한다."

상처가 많은 가족입니다

위대성

"아빠가 가게에서 쓰러지신 채로 발견되었다. 뇌출혈인가 보다. 내려와라."

폰 너머로 엄마가 굳은 목소리로 말씀하셨다.

혈압이 높으신 것은 알고 있었다. 당신도 잘 알고 계셨기에, 아스피린과 다른 약을 함께 드셨으리라. 하지만 안타깝게도 아스피린은 양날의 검이다. 혈액을 묽게 하여 심근경색 위험을 낮출 수는 있지만, 반대로 출혈이 발생했을 때 혈액을 응고시키는 혈소판의 기능을 억제한다. 두 선택지에서 아빠는 두통으로부터 자유로운 아스피린을 선택하셨다. 그리고 뇌출혈이 발생했다.

망연자실하지는 않았다. 오히려 다행이라는 생각이 많았다. 아빠와 추억을 쌓는 것을 게을리하지 않아서, 어제도 전화해서 다행이라 생각했다. 환갑을 기념하며 가족 여행을 다녀온 것은 꽤 잘

한 일이었다. 아빠의 사업이 잘되고 있어서, 두 아들이 모두 장가를 들어 며느리를 보게 해 드린 것도 다행이라 생각했다. 아, 그래도 2020년, 우리 가족은 행복했구나. 아빠가 행복한 나날에 떠나실 수 있어서 다행이구나. 그렇게 생각했다.

우리 가족은 참 불행했는데 말이야. 불쑥 떠올랐다. 여느 때처럼 가정사를 떠올리면, 따뜻한 온기로 가득 찼던 기억보다는 잿빛의 일상과 간간히 울고 웃었던 순간이 먼저 기억난다. 아빠는 가정적이고 에너지 넘쳤지만, 어두울 때는 다혈질에 폭력적이셨다. 엄마는 최초의 피해자였고, 당신과 가족을 지키기 위해 정당방위를, 어쩌면 새로운 가해를 행사하셨다. 기대받는 유망주였던 형은 다소 위축되었고, 그렇지 않아도 예민한 성격은 더욱 뾰족하고 날카로워졌다. 이 집의 유일한 광대였던 나는 늘 응원과 위로하는 역할을 수행했지만, 반대로 응원과 위로는 받아 보지 못한 채로 자랐다. 불운한 가정사 없는 집이 어디 있겠나. 이번에도 애써 자위해 본다.

반사적으로 행복했던 순간을 떠올린다. 늘 있는 패턴이다. 본능적으로, 불행을 부정하는 강박이다. 아빠는 참 아들들과 이것저것 해 보려고 애쓰셨다. 본인이 경험하지 못했던 것을 해 주려고 노력하는 모습은, 비록 요즘의 육아 트렌드와는 맞지 않지만 내가 자식을 가진다면 꼭 닮고자 하는 면모다. 강인한 여성이었던 엄마는 우리의 세계를 단단히 지켜 주면서도, 자식들이 지친 몸과 마음을 뉘일 수 있도록 항상 넉넉한 품을 갖고 계셨다. 영민한 형은 나를 항상 새로운 놀이터로 데려갔는데, 가는 곳마다 즐거움이 한가득이었다. 맞다. 우리 동네 처음으로 생긴 PC방, 그곳의 회원번호 1번과 3번은 바로 형과 나였다. 급하게 불러온 행복이 잔잔하다. 조용히 미소를 머금는다.

"그냥 수술하라고 했다. 수술하지 말라는 말은 차마 못하겠더라."

아빠는 골든 타임을 한참 넘겨서 발견되셨다. 그날은 가게에 마련해 놓은 방 한 켠에서 주무셨는데, 직원분이 오후 늦게 출근해서 발견했다고 했다. 이것저것 따져 보니 뇌출혈이 발생하고 최소 6시간에서 최대 18시간이 경과된 후였다.

의사는 뇌출혈 환자가 골든 타임을 넘겼을 때 권유하는 본인만의 기준이 있다고 했다. 만약 환자가 오십을 넘지 않았다면 무조건 수술을 하는 쪽을, 칠십을 넘었다면 무조건 수술을 하지 않는 쪽을 권한다고 했다. 하지만 오십에서 칠십까지, 환갑의 나이 즈음해서는 오로지 가족의 판단에 맡긴다고 했다. 아빠는 뇌간이 상당히 손상되어, 깨어나시더라도 일상으로의 복귀는 불가능할 것이라고 했다. 아니, 그저 의식이 돌아온다면 그 자체에 감사해야 하는 상태라고도 했다. 하지만 그렇다고 의사 역시 가족에게 포기하라고 권하기에는 나이 육십은 아주 늙은 나이는 아니라고 했다.

엄마가 느꼈을 그 선택의 중압감을 감히 짐작해 본다. 행복한 시간도 있었겠지만, 분명 반평생을 미워하고 서로 상처를 줬던 대상인데, 마지막 순간까지 본인에게 고통의 결정을 내리게 하다니. 원망스러웠으리라. 한참을 원망했으리라. 엄마는 정말 강하신 분이시구나.

앞으로 우리 가족은 긴 고행길에 오른다.

수술은 성공했다. 수술 후 며칠간 강을 건널 고비도 여럿 만났으나, 다행히도 무사히 넘겼다. 벌써 수개월을 집 인근 종합병원에서 주무시는 아빠는, 종종 눈을 뜨고 사람들과 눈맞춤을 한다. 작은 아들을 알아보는 것 같고, 말씀에도 반응하시는 것 같고, 어쩌면 의식이 돌아온 것은 아닐까 생각도 한다. 하지만 이내 눈을 감고 다시 주무시는 모습을 보면, 아직 갈 길이 멀다는 것을 다시한 번 깨닫는다.

그럼에도 3년, 5년, 10년. 누군가는 뇌출혈을 겪고도 다시 일어났다는 뇌출혈 카페의 글들을 읽다 보면, 아빠도 언젠가는 일어나실 것만 같다. 어느덧 코로나와 폐렴, 고열로 매일 매일을 걱정하며 장례식을 준비했던 지난 가을이 무색하다. 세상에는 기적이 즐비하고, 생명은 강인하다. 그렇게 믿으려 한다.

아빠와 할 얘기가 많아서 참 다행이다. 올해로 은퇴를 결심한 엄마, 언제나 승승장구하는 형, 여전히 새로운 사업에 도전하는 서른 중반의 막내까지, 아빠한테 들려줄 에피소드들이 무궁무진하다. 이해하시든 못하시든 오디오는 가득 채워 줄 수 있겠다.

똥 수발을 들면 어떠랴. 대화도 안 되는 늙은 아가와 살아 보는 것은 어떠랴. 막연한 기대로 수년을 버텨 보면 어떠랴. 잿빛 가정사에 이 정도 그늘은 물에 물탄 듯, 술에 술탄 듯할 뿐이다. 침잠한 감정은 동요가 없고, 한 번씩 색을 발할 때만을 기다릴 뿐이다. 그 순간만을 즐길 뿐이다.

아빠의
도쿄 모밀국수집

이희수

나의 첫 해외출장지는 도쿄였다. 당시 나는 연차가 낮았던 탓에
원래는 출장 인원에서 제외되어 있었다. 그런데 운이 좋게도 회사
에 급한 일이 터지면서 사수가 자리를 비우지 못하게 되자, 대신
내가 가게 되었던 것이다.

갑작스럽게 잡힌 도쿄 출장에 대한 기쁜 소식을 가장 먼저 전하
고 싶었던 사람은 다름 아닌 아빠였다. 그날 저녁 식사 자리에서
나의 도쿄 출장 일정을 들은 아빠는 나보다도 더 설레하며 그의
유난히 높은 코의 콧구멍을 살짝 벌렁였다. 아빠는 가장 젊고 왕
성하던 시절을 보냈던 도쿄에 대한 '오직 나만 아는' 정보들을 알
려 주고 싶어 했다.

"도쿄 돔 호텔 근처에 진짜 맛있는 온모밀국수 맛집이 있거든?
거기는 꼭 가 봐."

아빠는 20대 시절부터 도쿄로 출장을 갈 때마다 꼭 먹으러 간

곳이라며 모밀국수집을 추천해 주었다. 5년 전에 마지막으로 갔던, 이름도 위치도 불분명한 그 모밀국수집을 나에게 알려 주려고 안간힘을 썼다.

"그러니까 도쿄 돔 호텔을 나와서 호텔을 등지고 걸어가면 작은 다리가 나와. 그걸 건너. 그러면 상가들이 쭉 나와. 그중에서 그… 왼쪽인가, 오른쪽이었나? 아무튼 모퉁이에 있는 곳이거든? 아니다. 한 번 더 건너야 하나?"

"… 아빠. 구글맵으로 찍어 주면 안 돼?"

"아잇, 그런 건 몰라. 그냥 거기 가서 찾아보면 나와. 딱 그 도쿄 돔에서 나와서 건너가지고, 아니다, 그다음에 건너나?"

"알았어, 알았어. 시간 되면 가 볼게."

말은 했지만 사실 딱히 가 볼 생각은 없었다. 대리님 두 명이랑 같이 가야 하는데, "다 같이 우리 아빠의 추억이 깃든 모밀국수집에 가실래요?"라고 할 순 없지 않은가.

도쿄 출장의 3박 4일은 빠르게 지나갔다. 도쿄 돔 호텔에 묵으며 매일 택시를 타고 이동한 탓에, 아빠가 말한 모밀국수집은 찾아보려고는 했지만 늘 지나치기 일쑤였다. 아마도 없어졌겠지, 몇 년이 흘렀는데.

그렇게 어느덧 귀국 전날 밤이 되었다. 마지막 저녁 식사로는 출국하기 전부터 점찍어 두었던 야끼니꾸 맛집에 갈 생각에 들떠 있었다. 바로 그때 카톡이 울렸다.

"딸램. 모밀국수집은 가 봤어^^?"

아, 맞다 모밀국수…. 나의 마음속에서는 야끼니꾸와 효심이 충돌했지만, 끝내 나는 효심을 지키기로 했다. 대리님들까지 야끼니꾸를 포기하게 할 순 없으니, 저녁 식사는 따로 하겠다고 말하고 나왔다.

도쿄 돔 호텔을 등지고 걸어나가서, 작은 다리를 건너면 나오는 상가들…. 그중에서 왼쪽이랬나 오른쪽이랬나. 한 번 더 건너야 한다고 했나? 그중에 모퉁이에 있는 작은 모밀국수집…. 어, 저긴가?

사진을 찍어 아빠에게 보냈다. 아빠는 그곳이 아니라고 했다. 다시 다른 음식점을 찾았다. 그곳도 아니라고 했다. 약 세 차례의 사진이 오간 뒤에 '설마 여긴 아니겠지' 싶었던 음식점 사진에 드디어 아빠의 컨펌이 떨어졌다. 작은 이모티콘으로 아빠는 환하게 웃었다. 나는 믿을 수 없었다. 그곳은 말하자면 일본의 김밥천국 같은 곳이었다. 아, 여기가 바로 아빠의 맛집이었구나. 야끼니꾸 먹을걸….

정확히 말하면 그 집은 모밀국수 전문점도 아니었다. 우동도 팔고, 덮밥도 팔고, 이것저것 혼자 간편하게 먹고 가기 좋은 메뉴들과 칸칸이 나뉜 열 개 남짓한 좌석이 있는 작은 음식점이었다. 입구에 있는 자판기로 더듬거리며 유부가 올라간 온모밀국수 하나와 생맥주 한 잔을 시켰다. 툭 하고 나온 쿠폰은 나이 든 할머니와 그의 아들처럼 보이는 아저씨가 요리하는 유리창 너머의 부엌으로 전달하면 되었다.

음식점 안에는 두 명의 남자가 뒷모습만을 보인 채 각각 서로 다른 벽을 보며 느릿느릿 식사를 하고 있었다. 나는 그들을 모두 바라볼 수 있는 위치에 조용히 앉아서 그곳을 둘러보았다. 부엌에서 요리를 하는 소리, 가끔씩 그릇에 젓가락이 부딪히는 소리 그리고 맞은편 천장에 달려 있는 TV에서 나오는 일본 방송 소리 정도가 들렸지만 이상하게 그 공간이 서먹하거나 불편하지는 않았다.

문이 열리고 한 남자가 더 들어왔다. 나보다 두세 살 나이가 많은 30대 초반 정도로 보였다. 자판기 앞에서 더듬더듬거리며 메뉴를 고르는 것을 보아하니 일본어에 능숙하지는 않은 듯했다. 남자는 유난히 높은 코에 송골하게 맺힌 땀을 닦아 내면서 따듯한 모밀소바 한 그릇을 주문했다.

그는 혼자였고, 사회생활을 갓 시작한 뒤 첫 해외출장지로 일본에 왔다. 강원도 산골짜기 출신인 그는 일본어는커녕 영어조차 하나도 할 줄 몰랐지만, 회사에 들어와 치열하게 배우기 시작했다. 그가 일하는 반도체업계에서 한국은 이제 겨우 시작하는 단계였다. 작년에 태어나 이제 갓 돌을 넘긴 사랑스러운 딸과 4살이 된 귀여운 아들 그리고 아내까지 이제는 먹여 살려야 하는 입이 셋이나 되었다. 고작 서른의 나이인 그에게 4인 식구 가장의 무게는 여전히 익숙지 않았다. 그가 주문한 온메밀소바가 나왔다. 생맥주를 좋아하지만 오늘은 시키지 않았다. 호텔 방에 들어가면 내일 있을 중요한 거래처와의 계약을 위해 발표 준비를 해야 한다. 이번 건을 무사히 마무리해야 회사의 일본 진출이 성공적이게 된다. 일본 시장에 안정적으로 정착하게 되면 그다음에는 유럽 시장도 공략해서 회사에서 인정을 받으리라. 메밀소바의 뜨거운 김이 다 식기도 전에 그는 후루룩 그릇을 비우고 자리를 떴다.

아까부터 창가 쪽에 앉아서 느릿느릿 식사를 하고 있던 남자는 40대 초반 정도의 나이로 보였다. 그는 익숙하게 생맥주를 한 잔 더 시켰다. 잘 다니던 회사를 그만두고 두 달간 대피를 하러 이곳 도쿄로 와 있었다. 동종업계로 스카우트 제의를 받아 이직하는 그에게 회사는 안전하게 잠시 외국으로 피해있을 것을 권했다. 그는 30대를 바쳐서 일하던 회사의 일본 시장 진출에 이어서 유럽 시장 진출까지 담당했기에 좋은 조건으로 협상하여 이직할 수 있었다. 두 달 정도만 이곳 도쿄에서 일본어 공부도 할 겸, 머리도 식힐 겸, 시간을 보내고 오겠다고 가족에게 말했다. 그에게는 어느덧 장성해서 대학에 입학한 무뚝뚝한 아들과 고등학교에 들어간 사춘기 딸이 있었다. 여전히 두 아이가 대학을 졸업하고 사회생활을 시작하고 결혼을 하기까지 지출해야 할 돈이 많았다. 그렇기 때문에 그는 자신에게 온 일생일대의 기회를 놓칠 수가 없었다. 아내가 안정적인 대기업을 왜 박차고 나가냐고 완강하게 반대하고 붙잡아도 그의 마음은 확고했다. 이직 제안을 한 예전 동료인

안 사장이 차린 스타트업 반도체회사는 업계에서도 이미 인정받는 유망한 회사였다. 평생을 월급쟁이로 만족하며 살아오던 그는 처음으로 큰 욕심이 생겼다. 우리 가정이 신분 상승을 할 수 있는 일생일대의 기회이다. 내 딸과 아들을 금수저로 만들어 주겠다. 지금 이 두 달이 지나면 우리의 인생이 완전히 변할 것이다. 그런 꿈을 꾸며 그의 높은 코의 콧구멍이 살짝 벌렁였다. 출장을 올 때마다 먹었던 이 집의 온메밀국수와 생맥주가 이때만큼 달콤했던 적은 없었다.

뒷편에 벽을 보고 앉아서 식사를 하던 남자는 50대 중반의 나이로 보였다. 그는 한참을 멍하니 앉아 있었다. 출장을 온 듯했지만 일이 바쁘다기보다는 어딘가 도피를 하러 온 느낌이었다. 젊은 시절 그가 가장 치열하게 일을 했던 곳, 달콤한 미래를 그리며 두 달간 혼자만의 휴식 시간을 가졌던 곳. 그에게 도쿄와 이 모밀국수집은 그런 공간이었다. 그래서 퇴직을 앞두고 마음이 싱숭생숭하던 시기에 다른 직원이 가도 되었던 도쿄 출장을 굳이 그가 가겠다고 나선 것인지도 모른다. 퇴직은 명예롭지 못했다. 달콤한 꿈을 꾸며 대기업을 박차고 나와서 이직한 스타트업은 2008년 리먼브라더스 사태로 파산했다. 그의 이직을 부추겼던 안 사장은 자취를 감추었다. 그때부터 그는 이리저리 이직에 이직을 일삼아야 했다. '대기업 출신'이라는 그의 수식어는 어느덧 흐릿해져 갔다. 그는 냉혹한 비즈니스 세계를 경험해야 했고, 방금 식사를 하고 나간 30대 초반의 젊은 대기업 직원에게 머리를 조아려야 했다.

'이렇게 될 줄 알았나.' 몰랐다. 아무도 몰랐다고 스스로를 위로한다. 순수한 월급쟁이와 가정주부가 꾸려 나간 가정은 재테크따윈 아무것도 모른 채 아이들 사교육에 모은 돈을 족족이 써 버렸다. 두 아이에겐 여전히 대학교 학비가 들어가야 했다. '그러게, 내가 대기업 나가지 말랬지'라는 말조차도 이제는 삼키고 삼켜 썩어 버린, 응어리로 가득 차 버린 아내를 마주하는 일은 힘겹다. 이제 곧 퇴직을 하고 나면, 그는 어느 날 술을 잔뜩 마시고 별안간 친한 사람들과 탁구를 치다가 넘어져서 무릎이 두 동강이 나 버린다. 그리고 그날 밤 그 소식을 들은 아내의 끔찍한 오열 소리는 그의 딸에게 가장 깊은 트라우마로 남아 버리게 된다. 하지만 이런 미래까지 알려 주기엔 그의 초라한 뒷모습이 버티지 못할 것처럼 보였다.

한참을 그곳에서 멍하니 앉아 있었다. 식사하는 저 아저씨의 뒷모습이, 지금 들어온 막 퇴근하고 혼자 식사하러 온 듯한 저 아저씨가 모두 나의 아빠였다.

나는 그곳에서 과거의 아빠를 만났다. 그때의 아빠는 지금의 자신의 모습을 상상이나 했을지. 그때의 아빠는 지금의 나를 본다면 어떤 기분이 들지. 아니, 지금의 아빠는 지금의 나를 보며 자신의 어떤 기억을 떠올릴지. 그리고 미래에 아빠의 나이가 된 나는 지금의 나를 보며 무엇을 그리워할지. 아주 덧없게 흘러갈 그 시간 속에서 나는 무엇을 쥐고자 할지. 그런 엉키고 엉킨 생각과 시간과 감정들이 불어터진 모밀국수 가락처럼 자꾸만 맴돌던, 나의 첫 도쿄 출장의 마지막 날 밤은 그렇게 지나갔다.

사람은 어쩌면 원을 그리며 살아가고, 죽어 가고 있다. 젊은 날의 우리는 원을 크게 만들고자 안간힘을 쓸 것이고, 늙은 날의 우리는 시작점을 향해 되돌아간다.

사람은 원을 그리며
죽어 간다

시골을 가는 것은 중학교 1학년 때, 할아버지가 독이 오른 황소개
구리를 드시고 돌아가신 후로 처음이었다. 시골에서도 초가을 황
소개구리는 독이 있어서 절대 안 먹는다는 것, 돌아가신 할아버
지의 집에는 마치 죽음을 예감했다는 듯이 쌀독이 비어 있었다는
것. 그리고 그 황소개구리를 오랜만에 자신을 보러 온 아들이자
나의 아빠에게 "같이 먹을래?"라고 권유하셨던 것. 아빠는 그저
늘 드시는 개구리이겠거니 하고 "다음에요"라고 대답했던 것. 그
리고 할아버지의 장례식장에서 처음 본, 무릎을 꿇고 가장 처절하
게 울던 아버지의 모습까지. 할아버지에 대한, 시골에 대한 나의
마지막 기억은 이랬다.

"우리 이번에 벌초하러 시골에 갔다가, 다 같이 낚시를 하자."
어느 날 저녁 식사 시간에 나온 아빠의 확신에 찬 가족 여행 계

4장. 존재의 개연성

획이었다. 아빠의 벌렁거리는 콧구멍은 그가 얼마나 설레었는지를 짐작하게 해 주었다. 떨떠름한 표정이지만 그래도 좋다고 했다. 가족 여행, 마지막으로 가 본 가족 여행은 아마도 5년 전에 아빠가 일을 그만두고 술에 취한 채로 탁구를 치다가 무릎이 두 동강 나서 수술하기 전이었을 것이다. 그 전에는 유럽 곳곳의 나라들을 매년 꼭 한 번씩은 갔다. 아빠가 안정적으로 다니던 삼성을 제 발로 나가서 성공하겠다고 옮긴 회사가 망하면서 서서히, 서서히 가족 여행은 누구의 입에도 오르지 않던 것이었다.

다음 날부터 시골을 가던 날까지 일주일간 집으로 매일같이 택배가 왔다. 낚싯대부터 어항, 낚시 바늘 그리고 온갖 희한한 낚시찌들이 담겨 있었다. 아빠는 자신의 서재에서 온종일 꼼지락대며 낚시대에 찌를 꼈다 뺐다, 어항을 닦았다 넣었다 했다. 하루 종일 유튜브로 낚시 영상을 찾아보고, 네이버 지도로 낚시 스팟을 찾아봤다. 집중해서 앙다문 입과 반짝이는 두 눈을 한 그는 마치 소풍을 일주일 앞둔 소년 같았다.

"우리 이번 여행의 코스를 알려 줄게. 1박 2일간 우린 네 종류의 낚시를 할 거야. 우선은 아침 6시에 출발해서 오전 내로 벌초를 끝내고, 숙소로 가는 길에 4시간 동안 낮 낚시로 루어낚시를 할 거야. 그다음 숙소로 이동해서 저녁을 빠르게 먹은 뒤 밤낚시를 해. 우리가 이 지역에서 잡을 수 있는 물고기는 민물고기들 중 1급수에만 살아서 최고로 치는 쏘가리와 메기, 꺽지 이런 애들이야. 그리고 다음 날도 아침 일찍 일어나서 4시간 정도 더 낚시를 할 거야!"

민물고기, 1급수, 최고, 메기와 꺽지, 어릴 적에 맨날 잡고 놀았다, 그 강에 가면 나는 어느 바위를 들추면 꺽지가 숨어 있는지 다 알고 있다, 여기가 아는 사람들만 아는 곳이다, 낚시대를 넣기만 하면 송 하고 잡힌다, 라는 아빠의 허풍에 엄마가 말했다.

"자기 그거 40년 전 얘기잖아."

40년 전 낚시 허풍은 정말 너무하다고 생각했다. 하지만 이상하게도 아빠는 유난히 이번 낚시에 대해 고집스러웠다. 평소의 아버지의 모습과 다르다고 느껴질 정도였다. 거기는 바뀔 리 없다고, 항상 같다고, 자기가 잘 안다고, 이번만큼은 자신을 믿으라고 아빠는 말했다.

강원도 양구의 군부대를 거쳐 할아버지의 집은 꼬불꼬불한 산길을 지나야만 도착할 수 있었다. 어릴 적, 오빠와 나는 뒷자리에 타서 꼬불꼬불한 길 위로 차가 이리저리 지나갈 때마다 롤러코스터를 탄 것마냥 "꺅- 꺅-" 소리를 지르며 뒷자리를 굴러다녔다. 어느덧 엄마가 처음 이곳을 시댁으로 온 나이도 훌쩍 넘은 우리는 이제 각자의 스마트폰 속을 굴러다니고 있었다.

목표가 낚시인 만큼 벌초는 빠르게 진행되었다. 할머니의 산소는 14년 전부터 늘 오던 곳이라 그런지 변함이 없었다. 다만 할아버지의 집은 나의 기억과 달랐다. 추억은 모조리 쓸려서 논밭이 되어 있었다.

조금 이동하니 강가가 나왔다. 아빠가 어릴 적, 그러니까 약 8살의 어린 그가 개구진 미소를 가득 머금고 놀이터 삼아 매일 놀던 곳이었다. 쉬리는 발에 채이듯이 잡혔고, 민물고기 중에서도 살이 쫀득쫀득하게 맛있는 꺽지와 메기도 종종 잡을 수 있었다. 운이 좋으면 쏘가리도 잡을 수 있었다. 그렇게 잡은 물고기들을 그가 집으로 들고 가면, 그의 어머니는 고춧가루를 팍팍 넣어 민물고기 매운탕을 끓여 주셨다.

세상 모든 곳이 변해도 그곳만은 같으리라. 그러나 58살이 되어 간 그곳은 세월만큼 변해 있었다. 아빠와 오빠는 바지를 걷고 물속에 들어갔다. 강가 이쪽도 가 보고, 저쪽도 가 보고, 어항도 해 보고, 낚싯대도 던져 보았지만, "여기도 예전 같지 않구나"라는 말이 그의 입에서 나오기까지는 한 시간 반이라는 시간이 걸렸다.

"40년이나 지났잖아, 여보."

그러나 그는 포기하지 않았다. 그날 하루, 우리는 그 근방을 차를 설설 몰고 다니며 적당해 보이는 물가가 나오면 장비를 가지고 내려가 세팅하고, 1시간 반을 기다리고, "여기도 예전 같지 않구나"를 반복해야 했다. 엄마와 오빠와 나는 말하지 않았지만, 우리는 같은 마음이었다.

저녁을 먹으러 간 막국수 식당 아저씨로부터 우리는 뜻밖의 고급 정보를 얻었다. 아빠는 내가 이 지역 물고기는 좀 안다, 싶은 말투로 물어봤다.

"여기 메기 같은 거 잡히지 않나요?"

"메기는 무슨! 메기는 한 몇 십 년 전 얘기지!"

"그런가요 허허… 그래도 쏘가리나 꺽지 같은 건 잡히지 않아요?"

"아침에 요 앞에서 누가 꺽지를 잡았다던데!"

주인아저씨는 그곳이 통행금지 구역인데 펜스 개구멍 밑으로 들어가면 된다는 (우리 셋은 원하지 않던) 고급 정보를 주셨다.

우리 넷은 기어코 그 개구멍을 들어갔다. 벌써 해는 지고 있었고, 불빛 하나 없이 가파른 곳인지라 위험하니 한 시간 안에 끝내자고 아빠에게 신신당부를 했다. 그러거나 말거나 아빠는 밤낚시로 수십 마리를 잡는다며 허세를 부렸다. 밤이 되니 공기는 차가웠고, 물살은 빨랐다. 아빠는 네 개의 낚싯대를 설치했고, 이제는 나까지 갯지렁이를 끼는 일에 합류했다. 아빠, 오빠, 나는 낚싯대를 던질 때마다 사라지는 갯지렁이들로 양구 지역의 물고기들을 배불리 밥 주듯 했다. 그 뒤에서 엄마는 전기 모기채를 든 자유의 여신상처럼 비장하게 서서 달려드는 온갖 벌레와 홀로 맞서고 있었다. 마치 여의도 불꽃놀이를 보는 듯했다. 탁탁탁타탁탁탁탁! 타탁! 탁!

"아빠 저기 찌 움직여!!!!!"

탁탁타탁! 탁탁 탁! 타타탁! 탁!

"자자잠깐, 잠깐! 그거그거! 그거 올려 봐 그거!"

타탁! 타타탁!

"아빠 이거 물고기 잡힌 것 같아!!!!!"

그날 세 마리 정도의 새끼 물고기를 잡긴 했다. 두 마리는 내가 잡았고, 한 마리는 오빠가 잡았다. 물고기는 모두 풀어 주었다. 이제는 빛 하나 없이 완전히 어두워진 그 통행금지 구역을 다시 올라올 때에는 각자의 머리에 조명을 쓰고 손에 손을 잡았다. 그때 우리는 전우애 같은 것을 살짝 느꼈다. 미끄러운 바위 위에서 바짝 긴장을 하며 두 시간 동안 쪼그리고 있었던 탓에 모두의 다리는 사시나무처럼 파르르르 떨렸고, 온몸이 아팠다. 그래도 누구 하나 괜히 했다고 하지는 않았다. "잡히긴 잡히네~"라며 아버지를 위로했다. 아버지는 "예전 같지 않구나"라고 또 말했다.

돌아온 숙소에서 허기진 배를 채우러 프라이팬에 대충 구운 목살과 집에서 가져온 와인을 마셨다. 나는 하루 종일 한 낚시에 비해 빈손으로 돌아온 우리의 모습이 조금은 웃기고 허무해서 헤밍웨이의 『노인과 바다』를 떠올렸다.

"헤밍웨이는 젊었을 때 이미 다른 작품들로 최정상을 찍었잖아. 그 뒤로 만족스러운 차기작을 내지 못해서 몇 십 년을 괴로워하다가 『노인과 바다』를 쓰고 자살했대. 엄청나게 큰 물고기를 잡았지만 결국 상어에게 모두 뜯겨서 앙상한 가시만 끌고 돌아오는 노인에 대한 얘기가 사실은 자신의 얘기고."

"인생에 대한 얘기네."

라고 엄마가 말했다. 아버지는 이 얘기를 들으니 톨스토이의 『사람은 무엇으로 사는가』 중 '사람에게 땅이 얼마나 필요한가'가 생각난다고 했다.

악마가 제안을 했다. 하루 동안 이곳부터 너가 원을 그리고 돌아오는 땅을 모두 너에게 주겠다. 제안을 받은 파흠은 멀리, 더 멀리 갔다. 하루만 고생하면 이 땅이 모두 나의 것이다. 하지만 하루의 반을 멀리 나아가기만 하던 그는 돌아갈 길이 초조해지기 시작했다. 약속한 시간까지 그는 온 전력을 다해 뛰기 시작한다. 마침내 약속했던 시간과 장소로 돌아온 파흠의 입에서는 피가 흘렀고, 죽음을 맞이한 그에게는 고작 자신의 몸을 뉘일 6척의 구덩이가 주어졌다.

'아버지에 대한 얘기네'라고 생각했다. 약 4년 전에 아버지는 교회를 다니니 제사는 지내지 않기로 했던 엄마와의 약속을 번복했다. 제사는 아무래도 지내야 할 것 같다고. 엄마와 아버지는 이 문제로 조금 의견 차가 있었지만, 그래도 다시 하기로 했다. 마지막 남은 가족이었던 자신의 아버지가 돌아가시며 뿌리를 모두 잃어버린 지 10년이 되던 해였다. 10년 만에 하는 제사는 모든 것이 낯설었다. 그러나 그보다 가장 낯설었던 것은 누구보다 강인한 줄 알았는데 이렇게라도 자신의 뿌리를 붙잡고자 하는 아버지의 모습이었고, 또 그것을 이해하는 나이가 되어 버린 나 자신이었다.

아버지가 이곳 양구에 살았던 것은 그의 나이 16살까지였다. 이후로는 고등학교를 다니러 춘천에 갔고, 대학교를 다닐 때에는 인천에, 취업을 하고 가정을 꾸린 뒤로는 줄곧 수원에 살았다. 그의 인생에서 고작 1/4만이 이곳 양구였다. 아버지는 고향에 대한 얘기를 많이 하던 사람이 아니었다. 처음으로 본 이날의 아버지는 이제는 누군가의 뿌리가 되어야 하는 58살의 중년 남성과 낚시를 하며 즐거워하는 8살의 소년이 자꾸만 겹쳐 보였다.

사람은 어쩌면 원을 그리며 살아가고, 죽어 가고 있다. 젊은 날의 우리는 원을 크게 만들고자 안간힘을 쓸 것이고, 늙은 날의 우리는 시작점을 향해 되돌아간다. 어떤 사람은 그 원을 너무나도 크게 그린 탓에 죽는 날까지 원을 여미지 못하고 죽을 것이고, 어떤 사람은 그 원을 지나치게 작게 그린 탓에 자신이 그려 둔 원을 두 바퀴, 세 바퀴 맴돌 것이다. 나는 적당한 크기의 원을 그리고 살아간 뒤 죽을 수 있다면 그것으로 될 것 같다고 생각했다. 지금의 아버지는 원의 시작점을 향해 되돌아가고 있고, 그것은 아주 자연스러운 일이었다.

다음 날 우리 넷의 다리는 모두 후들거렸다. 둘째 날도 4시간의 낚시 계획을 짰던 아버지는 "다음에 낚시터를 가자"며 차에 올라

탔다. 돌아가는 차 안에서도 아버지는 자꾸만 고개를 돌려 강가를 내려다보았다. 강원도 양구의 산길은 여전히 꼬불거렸고, 양옆으로 강가는 끊임없이 흘렀다.

죽음에 대하여

이인상

누군가를 떠나보낸다는 것은 언제나 가슴이 아프다. 나와 직접적인 연결고리가 없다고 한들 내 주변인의 소중한 사람이 떠나가면, 난 주변인이 슬퍼하는 모습에 이질감을 느껴 울적해지곤 했다. 그럴 때면 주변인과 나 사이엔 평소처럼 밝은 모습은 온데간데없다. 그들의 표정과 나의 표정은 하나같이 불빛 하나 없는 칠흑과도 같았다. 하물며 나의 주변인이 아닌 직접적인 연결고리가 있는 사람이라면 어떻겠는가! 그 칠흑의 정도가 앞선 것과는 많이 다를 것이며 슬픔은 이루 말할 수가 없을 것이다. 그리고 그것이 예고치 않았다면 슬픔이 더욱 크게 다가올 것임이 분명하다.

며칠 전 큰외삼촌이 돌아가셨다. 어머니는 전화로 오늘 장례식장에 갈 터이니 동생과 함께 내일 아침에 넘어오라고 했다. 수화기 너머로 느껴지는 슬픔이라는 감정은 모자(母子)를 아프게 했다. '이렇게 돌아가셨다고? 왜 하필 우리가? 왜 하필 지금? 그보다 진짜 돌아가셨다고? 아니 왜?' 당혹감을 모면할 수 없었다. 다가온 현실을 부정했다. 하지만 머지않아 이내 서서히 받아들이고 있었다.

그날 늦은 밤, 동생이 부산에서 서울로 밤기차를 타고 올라왔다. 동생을 짧은 술자리와 웃음으로 인도했지만, 그 웃음과 술자리는 형제의 것이 아닌 돌아가신 외삼촌의 것이라고 여기던 밤이었다.

다음 날 장례식장에 도착해 외삼촌의 입관을 지켜보았다. 일주일 전 의식이 없을 때만 해도 가쁘게 숨을 쉬고, 손가락이 살짝씩 움직이기에 금세 일어날 줄로만 알았다. 믿기지 않았다. 기적을 바랐는지도 모르겠다. 늘 힘이 좋고 에너지가 좋은 사람이었으니 훌훌 털어 버릴 줄로만 착각을 하고 있었다. 그저 잠깐 아픈 것이라고만 생각했다. 그가 이렇게 관 옆에 누워 있는 모습은 상상조차 해 본 적이 없었다. 핏기 없이 차가워진 얼굴에 꽁꽁 싸매진 그의 모습을 보고 있자니, 슬픔이라는 감정 소용돌이에 내가 지금 무엇을 하는지, 아무 생각도 들지 않았다. 어머니는 먼발치에서 의자에 얼굴을 파묻은 채 흐느끼며 울고 있었다. 그 모습을 보고 나 역시 가슴이 아파 애써 감춰 왔던 울음을 터트렸다. 순간적이었다. 그리고 이내 가족의 통곡이 그 공간을 채웠고, 슬픔만이 우리의 가슴을 채워만 갔다.

영정 속 외삼촌의 모습은 늠름했다. 남자답게 기세가 있었다. 하나 그것은 사진일 뿐, 이제는 그의 모습을 사진 외에는 세상 어디에서도 찾아볼 수가 없다. 조문객의 행렬과 함께 그의 살아생전 얘기를 들으면 살아온 흔적을 엿볼 수 있겠지만 지금에선 그게 무슨 소용이랴. 결국 화장을 하면 남겨지는 뼛가루만 담긴, 이 작은 유골함을 보면 삶이 덧없게 느껴지기만 할 뿐이다.

가족 중 누군가를 보내는 것은 먼 친척을 제외하고는 이번이 세 번째이다. 외할아버지, 할머니 그리고 이번에 외삼촌까지. 평상시에는 그들과의 추억이 좀처럼 생각이 나지 않다가도 왜 영정을 보면 그윽한 향과 함께 사소한 추억들이 생각나는지. 즐거운 기억들인데 회상하면 반대로 가슴이 저미고 슬퍼 오는지…. 평소에는 떠오르지 않던 어린 시절의 기억들이 그날만큼은 되풀이된다. 그렇게 계속 고인의 생각을 하게 된다. 괜찮다가도 이따금씩 계속 생각이 날 것이다. 그게 나와 남겨진 가족의 숙제이다.

'죽음이란 뭘까?'

죽음에 대해 이따금 생각한다. 그때마다 생각의 끝은 죽음의 당사자는 무(無)이지만, 남겨진 사람에겐 유(有)라는 것이다. 삶이 여행이라면, 도착지는 결국 죽음이다. 죽음은 나쁜 것이 아니며, 그렇다고 좋은 것도 아니다. 살아간다는 것 또한 좋은 것이 아니며, 그렇다고 나쁜 것도 아니다. 이것이 내가 내린 삶과 죽음의 공존 방식, 무(無)와 유(有)가 서로 살아가는 생존 방식이다. 나의 외삼촌은 무(無)로 갔지만 남겨진 우리는 유(有)를 당분간은 감당해야 할 것이다.

"그래도 어쩌겠는가. 산 사람은 살아야지."

무책임하고 성의 없어 보이지만 말 안에 뼈가 있어 진리의 말이 된다.

죽음은 언제나 두렵다. 두렵지 않다는 사람은 거짓말을 하는 것이 분명하다. 죽고 싶다고 말하는 사람일수록 더 처절하게 살고 싶다는 생각으로 가득할 것이다. 죽음이 사람 또는 사물이라면 절대적으로 피하고 싶은 존재일 것이다. 피할 수 있다면 말이다. 사람은 언젠가 죽는다는 말은 살면서 숱하게 들어 오지만, 그게 왜 하필 지금이어야만 했을까. 그게 왜 하필 우리여야만 했을까 하는 감정은 이 슬픔을 분노로 승화시키기에 적절하다. 하지만 이 분노 또한 내 죽음에는 적용시키기 힘들 것이다. 결국 당사자는 무(無)이니깐…. 언젠가 나 또한 이 죽음을 피할 수 없을 것이다. 과연 내가 죽음을 당면하게 되었을 땐 무슨 생각을 하게 될까? 이 정도면 잘살아왔지 하는 희(喜)의 감정일까, 아니면 지금껏 왜 이리도 잘 못 살아왔지 하는 비(悲)의 감정일까? 뭐가 되었건 무(無)인 나에게는 아무 상관이 없을 것이다. 오히려 유(有)로 남겨진 이들에게 슬픔이라는 숙제를 계속해서 내는 굴레와도 같을 것이다. 슬프지만 삶을 덧없게 만드는 '유골함' 그것만 계속 남을 것이다. 그게 계속해서 우리의 삶을 반복시킬 것이다.

여행은 언제 어디서든 끝이 날 수 있다. 여정이 얼마나 남았는지 알 길이 없으며, 만남이 어디에서 끝이 날지도 알 수 없다. 그어느 날 우리가 작별 인사를 할 수 있는 여유나 있을까?

살아 있을 때 후회에 남는 삶을 살아서는 안 된다는 말들을 듣곤 한다. 당장에 자기계발서만 봐도 그런 내용이 수두룩하다. 또한 주변에서 부모님께 효도를 해야 한다는 말, '좀 더 잘해 줄걸'이라는 말들을 어렵지 않게 찾아볼 수 있다. 수많은 사람이 후회 속에 남긴 말들이다. 죽음의 시간을 미리 알 수 있으면 좋겠지만 아쉽게도 우리는 만화 『데스노트』처럼 '사신의 눈'을 가지진 못했다. 그리고 설령 그것이 있다고 한들 과연 효도는 얼마큼 해야 하는 것이며 얼마큼 더 잘해 줘야 하는지에 대한 기준 또한 없어, 그저 계속되는 후회일 뿐이고 남겨진 자의 숙제만 양산할 뿐이다.

그렇기에 우리는 언젠가 찾아올 '죽음'이라는 존재를 맞이할 준비를 해야만 한다. 방학 숙제는 벼락치기가 가능할지 몰라도, 당일치기 여행은 이 모든 것을 담아내기가 힘들다. 우리 시간은 한정적이다. 결국 시간이 지나면 죽음에 대한 고통도, 이 슬픔도 가시겠지만, 여전히 죽음이란 것은 우리 주변에 계속해서 찾아올 것이고, 그렇게 우리는 준비되지 않은 상태로 사람들을 떠나보내게될 것이다. 훗날에 찾아올 내 순번을 기다리며 말이다.

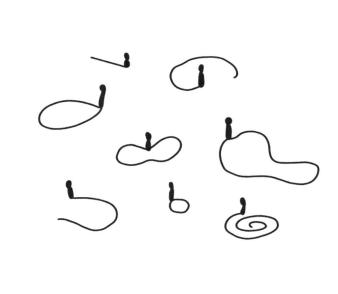

05

13.5 제곱미터의
서사

우리가 오래 머문 공간에는 상처가 남아 있다.

〈알쓸신잡〉에 나온 소설가 김영하가 한 말이다. 그는 덧붙여 말하길, 그렇기 때문에 사람들은 여행을 가고 호캉스를 한다고 말했다. 여행지와 호텔에는 상처도 아무런 근심도 존재하지 않기 때문이다.

그런 의미에서 나의 방은 곳곳에 상처가 남아 있다. 그러나 한편으로는 그 상처들이 모여서 결국 나를 만들어 내기도 했다. 나는 그 상처들의 집합이다. 번지르르한 말들로 나를 표현할 수도 있겠지만 사실 그것들은 진짜 내가 아니다. 나를 표현할 수 있는 방법들 중 이 상처들에 대한 설명보다 더 좋은 것은 없을 것이다.

THE CHRONICLE OF MY ROOM
내 방 여행하기

이희수

나의 방은 약 13.5제곱미터(약 4평)이다. 이 집에서 산 지는 어느덧 햇수로 8년이 되었다. 하루에 평균 12.42시간—평일 평균 11시간, 주말 평균 16시간으로 가정—을 이 공간에서 머물렀다고 계산해 보면, 이 공간에서 나의 몸이 머문 시간은 윤달 2일을 더해서 총 36,268시간이다. 즉 지구상에서 위도 37.197842, 경도 127.070314, 지상으로부터 9층 높이에 위치한 이 35.1세제곱미터의 큐브 속에서 나는 꼬박 4.14년의 시간을 꼼짝없이 보낸 것이다. 그 세월 동안 이곳의 바닥과 벽지와 천장과 창문의 모든 틈새에는 나의 말과 생각과 상처들이 빡빡 문질러도 지워지지 않는 찌든 때처럼 켜켜이 쌓여 왔다.

그럼 이제 이 공간에 대해 좀 더 세부적으로 들여다보자. 종이에 세로가 좀 더 긴 직사각형의 모양을 그리며 들으면 이해가 더 쉬울 것이다. 우측 세로 상단에는 거실로 통하는 방문이 있다. 하단의 가로 면에는 아파트 단지의 놀이터가 내려다보이는 두 면의 큰 통유리창이 있다. 바로 이 문과 창이 내 방으로부터 세상으로 연결되는 두 가지의 통로이다. 이야기는 이 창문에서부터 시작하는 것이 좋을 듯하다.

창문과 보이차

나의 방문은 세상과 집에서의 상처가 들어오는 통로인 데 반해, 큰 통유리 창문은 그 상처들이 외부로 빠져나가는 배출구이다. 마치 음식물이 입을 통해 들어오고 항문으로 빠져나가듯이, 하지만 또 이내 새로운 음식물이 들어오고 또 배출되는 것처럼 매일같이 새로운 상처가 들어오고 나가고 또 새롭게 들어온다. 그 상처들은 내 방 곳곳에 남아 있기도 하지만, 많은 것들은 이 큰 창문 덕분에 환기될 수 있었다. 그래서 창문은 내가 이 방에서 가장 좋아하는 공간이다.

나는 이 창문 앞에서 보통 하루를 시작한다. 이곳에는 하늘색의 좌식 테이블과 아침마다 차를 마실 수 있도록 준비된 간단한 티세트가 놓여 있다. 테이블 밑에 놓인 두꺼운 방석을 꺼내 앉는다. 이른 아침인지라 아이들보다는 참새 몇 마리가 날아다니는 놀이터를 바라볼 수 있다. 창문을 살짝 열면 투명한 파란색의 새벽 공기가 들어온다. 커피포트의 물을 끓인다. 티팟에는 보이찻잎을 엄지손가락 첫째 마디 정도의 크기만큼 넣어 준다. 다 끓인 물은 찻잎이 잠길 정도로만 넣어 준다. 10초가 되기 전에 첫 물은 따라 버려야 한다. 찻잎에 묻은 먼지를 털어 낼 뿐만 아니라, 차의 맛이 우러나오도록 깨워 주는 것이다. 다시 티팟에 물을 담아 준다. 이번에도 10초를 센다. 일.이.삼.사.오.육.칠.팔.구.십. 잠이 덜 깬 상태이기 때문에 손가락을 하나씩 접어 주며 시간을 잰다. 정말 멍청해 보인다.

첫 보이차를 티팟에서 잔으로 내린다. 첫 잔은 맑다. 김이 모락모락 피어오르는 보이차를 호록 하고 마신다. 차가운 새벽 공기에 돋아난 닭살은 한 번 더 도도돗 하고 올라왔다가 착- 하고 가라앉는다. 딱, 그때, 온몸의 스위치가 켜진다. 허리를 쭉 펴고 앉아서 차가 좀 식도록 기다린 뒤에 첫 잔을 끝낸다. 다시 두 번째 잔을 내린다. 커피포트의 물이 식었을 수 있기 때문에 한 번 더 끓여 준다.

두 번째 잔부터는 아주 진하게 나온다. 보이찻잎도 깨어난 것이다. 두 번째 잔에서 보이차의 맛을 가장 잘 느낄 수 있다. 위장이 약한 탓에 오랫동안 발효한 보이숙차를 주로 마신다. 같은 찻잎으로부터 발효 과정만 바뀌었을 뿐인데, 녹차나 홍차와는 완전히 다른 맛을 낸다는 것이 참 신비롭다. 보이숙차는 마치 오래전 과거 급제를 위해 밤낮없이 공부하던 한 선비가 사용하던 나무 책상을 푹 고아서 우려낸 듯한 맛이다. 잎이라기엔 나무에 가깝고, 초록색이라기엔 짙은 고동색에 가깝다. 물론 보이숙차마다 맛이 다르다. 내가 아침에 비몽사몽하게 마시는 차의 맛은 그렇다.

아침에 차를 마시며 창밖을 바라보는 때에는 하루의 다른 시간들과 다르게 외부의 자극이 들어오지 않는다. 나의 방문도 상처가 들어오지 못하게 굳게 닫혀 있다. 다만 요즘은 스마트폰을 통해서도 수많은 감정이 쏟아져 들어온다. 그래서 이때는 굳이 스마트폰으로 기사를 보거나 SNS에 들어가지 않는다. 스스로 생각하고 느끼며 나 자체로 존재할 수 있는 유일한 시간이다. 나는 그래서 이 시간을 사랑한다.

아침에 창밖으로 전날의 상처들을 환기시키는 일은 정말 중요하다. 그때 환기시키는 것은 어젯밤에 내가 미처 털어버리지 못하고 내 방까지 끌고 들어온 회사에서의 인정받지 못했던 상처이다. 그리고 그로 인해 늦은 시각 저녁을 차려 주신 엄마에게 감사를 전하기는커녕 한껏 예민해진 표정으로 휑하니 방으로 들어와 버린 후회이다. 또 잠을 자려고 침대에 누웠는데 잠깐 들어간 인스타그램 속 불과 2년 만에 프랑수자수로 구독자 수를 50만이나 늘린 친구에게서 받은 자격지심이다.

환기를 시킨다. 사실 나는 감정과 생각을 환기시킬 수 있는 장소와 시간에 집착하는 경향이 있다. 이를테면, '이번 주 일요일에는 카페에 가서 생각을 정리해야지'라든지 '올 한 해를 정리하기 위해 템플스테이를 가야지' 같은 것이다. 하지만 이러한 환기를 위한 환기는 부작용을 초래한다. 수요일에 쌓인 상처를 일요일 날 카페에 갈 때까지 끌고 간다든지, 올 한 해 동안 쌓인 상처를 템플스테이를 가지 않으면 꿰매지 못하는 등의 식이다. 이를 극복하기 위해 만든 것이 바로 내 방 창문 앞에서 보이차를 마시는 시간이다. 말하자면 '생각과 감정의 공기청정기' 같은 것을 이 작은 방의 한구석에 놓은 것이다.

보이찻잎은 한 번 넣으면 10번까지 우려먹을 수 있다. 홍차나 우롱차처럼 3분 동안 우리지 않아도 되고, 한두 번 우려먹는 걸로 끝나지 않는다. 딱 10초간 우린 뒤에 호로록, 마시기를 10번은 반복할 수 있다. 지난밤의 옹졸했던 생각과 감정이 환기되기까지 우려먹기에 알맞다. 이렇게 아침에 물을 0.7리터 정도 마시면 참을 수 없는 이뇨감으로 방문을 열고 화장실로 뛰쳐나가며 활기찬 아침을 맞이할 수 있다.

옷장이 되어 버린 피아노

이 방에서 생각과 감정의 환기만큼 중요한 것이 있다. 바로 물건을 잘 환기시키는 일이다. 불과 2년 전만 해도 많은 물건이 잘 버려지지 못했다. 추억이 담긴 편지나 사진은 말할 필요도 없다. 초등학교 4학년 때 친구와 수업 시간에 공책을 뜯어서 쓴 쪽지, 몇 년 전에 간 뮤직 페스티벌의 지도, 왠지 한 번쯤 또 볼 것 같은 대학생 때의 교양수업 필기 노트, 지금은 아니지만 다시 쓰긴 할 것 같은 V 라인용 턱 마스크 그리고 12살 이후로 치지 않은, 조율되지 않은 피아노가 있었다.

나는 피아노 신동이었다(아니다). 내 입으로 말하긴 좀 그런데 솔직히 나는 절대음감이다(이건 맞다). 그래서 나는 내가 노력이 부족했던 비운의 피아노 천재라고 생각했다. 그런데 웬걸, 성인이 되어 보니 피아노 좀 배웠다, 하는 사람들은 죄다 본인들이 절대음감이라고 했다. 좀만 더 열심히 했더라면 피아노계의 한 획을 그었을 것이라고 말했다. 그들의 집에는 모두 나처럼 조율되지 않은 피아노가 있었다.

조율되지 않은 피아노는 특히나 우리 같은 절대음감에게 치명적이다. 왜냐하면 음 하나를 쳐도 이 특출난 절대음감 능력 덕분에 "이게… 이게 아니야…!!" 하며 아파트라 '쾅…!!'까진 못하지만 불만족스러움에 더 이상 칠 수 없기 때문이다. 이것은 아주 심각한 악순환을 만들어 낸다. 불만족스러운 탓에 연습을 할 수가 없고, 그러다 보니 자꾸만 피아노를 못 치게 된다. 큰 마음을 먹고 '조율을 할까?' 싶다가도 왠지 싯가로 책정된 조율 기사를 부르는 일은 부담이 된다. 게다가 피아노를 조율한들 얼마나 칠까 싶은 마음에 '이참에 팔아 버릴까?'라는 결심이 서다가도, '에이, 그래도 또 내가 한 피아노 했는데…' 같은 근거없는 자신감이 솟구치며 영 아쉬워진다.

그렇게 절대음감의 악의 굴레에 들어간 피아노는 뚜껑이 닫혀 버린 채 근사한 옷장이 되어 버린다. 자그마치 15년 동안 나의 피아노는 효율성이 떨어지는 옷장으로 살았다. 이 작은 방의 한 벽면을 꽉 채워 버린 효율성 떨어지는 옷장을 이제는 정말 버려야겠다고 생각했다. 물론 그 결심이 행동으로 이어지기까지는 수개월이 걸렸다.

몇 달 간의 고민 끝에 용기를 내서 진행한 중고 피아노 매매는 놀랍게도 아주 손쉬웠다. 아저씨는 정해 둔 날짜와 시간에 우리집에 방문했고, 피아노의 상태를 점검했다. 나의 피아노는 자신의 크기의 1/10도 안 되는 작은 수레에 가뿐하게 올라타서 배웅 인사도 없이 쿨하게 떠났다. 이 모든 것이 15분이 채 걸리지 않았다.

15년 만에 점검한 피아노의 상태는 이랬다. 건조한 환경 탓에 소리에 민감한 영향을 끼치는 피아노의 뒷판이 쪼개져 있었다. 본드로 붙일 순 있지만 그렇게 수리해도 동남아 쪽으로 판매하는 것밖에는 안 된다고 했다. 나의 피아노는 20만 원이었다. 그 돈은 여태껏 돈 들여 피아노 학원을 보냈건만 게으른 절대음감으로밖에 성장하지 못한 죄책감에 모두 엄마에게 드렸다.

피아노를 보낸 벽면은 비로소 텅 비었다. 좀 아쉬울 것이라고 생각했는데 놀라우리만큼 후련했다. 사실 피아노를 붙잡고 있었던 것은 추억이라는 과거와 나중에 치지 않을까 하는 다가오지도 않은 미래였다. 정작 현재에는 없었다. 지금 이곳에서 피아노는 나에게 옷장이자 20만 원의 현금이었을 뿐이었다. 사실 피아노는 피아노였다. 나의 욕심으로, 미련으로 끙끙 끌어안고 있었지만 이제야 지구 반대편에서 누군가에게 진짜 피아노가 될 것이었다. 나의 피아노는 어쩌면 15년 동안 그것을 간절하게 원했는지도 모른다.

둘러본 내 방에는 너무나도 많은 피아노가 있었다. 그 뒤로 많은 것이 버려졌다. 너무나도 많은 물건이 그 실제 가치로 쓰이지 못한 채 고여 있었다. 나는 얼마나 많은 물건에 둘러싸인 채 살아가고 있었는지, 그중 과거나 미래가 아닌 지금 이 순간을 살아가며 나에게 필요한 건 몇 개나 되는지, 나의 무심한 소비는 이 지구상에 물리적인 공간을 차지했다가 완전히 사라지기까지 얼마나 많은 환경오염을 발생시키는지. 참 많이 생각했다.

피아노가 사라진 공간에는 책상이 들어서게 되었다. 덕분에 벽을 바라보지 않는 책상과 의자일 수 있게 되었다.

벽을 바라보기 싫은
책상과 의자

나의 삶은 의자와 책상으로 쉽게 요약할 수 있다. 인문고등학교를 나와 문과대학을 졸업하고 사무직으로 돈을 벌어먹기까지. 똑같은 자세로 무수히 많은 책상과 의자로 옮겨다녔다. 나인 투 식스, 월요일부터 금요일까지, 여덟 살부터 스물아홉 살이 된 지금 이 순간까지. 그러니까 그것은 방학 등을 제외해도 총 39,600시간이고 4.5년의 시간이었다. 내 나이가 이제 만 28살이니 평생의 깨어 있는 시간 중 4분의 일을 책상과 의자에서 보낸 것이다.

나에게 첫 책상과 의자가 생긴 때의 설렘을 아직 기억한다. 유치원을 지나 어엿한 학생이 된 즈음 산 원목 책상이었다. 지금의 유행하는 원목가구 색상인 연한 너도밤나무나 미드센츄리풍의 짙은 호두나무빛 마감도 아니었다. 나의 원목 책상은 갓 초등학교에 들어간 9살 소녀의 마음에 쏙 들었던 오렌지빛의 나무였다. 6칸의 큰 책꽂이의 중간 즈음에 긴 원목판을 가로질러 놓으면 반대 끝에서 4칸의 서랍장이 지탱하며 책상이 완성되었다. 부피가 크고 무거웠기에 원목 책상은 방의 한쪽 벽면에 꼭 붙어 있어야 했다. 그래서 항상 의자에 앉으면 나의 시선은 벽을 바라보게 되었다. 하지만 상관은 없었다. 이 근사한 책상에서 나는 고개를 들면 나의 시선이 벽인지도 모른 채 그렇게 즐거웠더랬다.

원목 책상은 내가 가장 좋아하는 것들을 하는 곳이었다. 어릴 적 나는 매일 이 책상에 앉아 학교에 제출하지 않는 나만의 비밀 일기를 썼다. 얼마나 은밀했냐면, 혹여 누가 읽을까 봐 비밀 일기 속의 언어는 한글의 모양을 바꾼 나만의 글자로 쓰였다. 어린 소녀는 자신의 꿈과 속마음을 매일 밤 책상에 앉아 사각사각 써 내려갔다. 이 커다란 원목 책상은 또 나만의 공방이기도 했다. 책상 위에는 항상 비즈공예 공구 통이 놓여 있었다. 학교가 끝나고 돌아오면 매일같이 스탠드 불을 켜고 인형 눈 붙이는 아르바이트를 하는 것마냥 실과 비즈를 들고 눈을 부릅떴다. 그렇게 책상에 앉아서 사부작거리다 정신을 차리면 어느덧 반나절이 흘러 있었다.

그곳에서의 시간은 늘 신비롭게 흘렀다. 5분 지난 것 같은데 1시간이 흘러 있었고, 1시간이 지난 줄 알았는데 고작 10분밖에 지나지 않았다. 그 흘러가는 시간이 늘 아깝고 붙잡고 싶었다. 그래서 고개를 들면 보이는 벽시계를 일부러 자주 쳐다보곤 했다. 그때는 1시간이 훌쩍 흘러가 버린 것보단 짬짬이 10분 간격으로 시간을 확인하는 것이 더 위안이 되었다. 하지만 또 이내 푹 빠져 버리고 나면, 고개를 들어 시계를 바라보길 잊어버렸다.

그러나 한 살씩 나이가 들수록 이 원목 책상에 앉으면 '하고 싶은' 일보단 '해야 하는' 일이 점점 많아졌다. '해야 하는 일'을 위한 책상과 의자는 대개 목적을 가지고 있었다. 언제부턴가 나는 의자에 앉으면 고개를 숙여 책을 바라봐야 했다. 학교의 책상과 의자의 시간이 끝나면 학원의 책상과 의자로, 그 시간이 끝나면 독서실의 책상과 의자로 이동했다. 고개를 들면 보이는 것은 칠판이나 벽이었다. 학교를 졸업하고 회사를 다니면서 가지게 된 책상과 의자는 그 목적이 더욱 명확해졌다. 고개를 들면 보이던 칠판은 이제 앞을 꽉 채운 두 개의 컴퓨터 모니터로 바뀌었다.

그 시간 동안 많은 것이 자발적인 '하고 싶음'의 영역에서 '해야 하는'의 영역으로 넘어갔다. '해야 하는 일'이 너무 많은 삶에서 '하고 싶은 일'은 처음에는 할 시간이 없어서 아쉬운 마음을 뒤로하고 포기해야 했다. 하지만 나중에는 무엇이 하고 싶었는지조차 잘 기억이 나지 않았다. 그리고 서서히 이 원목 책상의 시간 왜곡 마법도 그 효과가 희미해지게 되었다. 나는 좀처럼 내 방의 책상과 의자에 앉지 않게 되었다. 의자에 앉으면 보이는 벽과 시계는 더 이상 바라보고 싶은 것이 아니었다. 어느 순간부터 그곳에 앉으면 숨이 턱 하고 막혔다.

그래서 나는 이 멋진 원목 책상과 의자를 버리기로 결심했다. 이 책상과 의자는 너무 원목이어서, 너무 튼튼해서, 너무 책장과 서랍까지 갖춘 완벽한 형태여서 버리고 싶다고 엄마에게 구구절절하게 말했다. 엄마는 하나도 이해가 되지 않는다고 했다. 사실은 벽을 바라볼 수밖에 없어서 괴롭다고 말했다. 엄마는 여전히 이해할 수 없다고 했다.

원목 책상을 버리고 나는 합판으로 된 아주 저렴한 이케아의 책상과 의자를 새로 들였다. 합판 책상과 의자는 아주 나폴나폴 가벼워서 언제든 원한다면 그 위치를 바꿀 수 있었다. 책장도 서랍도 없는 이 합판 책상은 현재 내 방에서 3번 위치가 바뀌었다. 처음에는 거울을 바라보는 곳에 놓였다가 그다음에는 창문을 바라보는 곳에 위치했다가 지금은 방문을 바라보고 있다. 고개를 들면 보이는 것이 벽이 아니라는 것만으로도 좋았다. 그저 앉아서 멍을 때리는 것만으로도 충분했다. 이제는 굳이 내 방을 벗어나서 카페의 책상과 의자를 찾는 일이 줄었다. 나는 다시 나만의 공간 속 책상과 의자에서 커피를 마시고 일기를 쓰고 사부작사부작 무언가를 만들기 시작했다.

이제는 무언가를 '해야 하지' 않을 때에도 책상과 의자에 편히 앉을 수 있게 되었다. 평생의 책상과 의자의 삶에서 한 바퀴 뱅글 돌아, 다시 나의 책상과 의자는 '해야 하는'이 아닌 '하고 싶은' 일을 하기 위한 공간이 될 준비를 하고 있다. 잊고 있었던 수많은 '하고 싶은' 일들을 되찾고 싶다. 그것들로 인해 신비롭게 흐르는 시간을 다시 경험할 마음에 아주 조금 설렌다.

나의 마법의 양탄자,
나의 원목 침대

수없이 많은 책상과 의자를 지나온 것에 비해 나에게 침대는 단 하나뿐이었다. 내 방에 놓여 있는 원목 침대는 버려진 오렌지빛 원목 책상과 세트로 구매한 것이었다. 그래서 프레임 역시 오렌지빛의 나무로 되어 있다. 그리고 그 위에는 20년간 튼튼하게 매일 밤 나를 견뎌 준 매트리스가 얹어져 있다.

이 원목 침대에서 20년간 매일 밤 잠을 잤다고 계산해 보자. 나는 새나라 어린이와 같은 수면 패턴으로 매일 밤 10시경 잠자리에 들고 아침 6시쯤 일어난다. 지금까지 침대 위에서 보낸 시간은 총 58,440시간으로 환산하면 2,435일 정도이다. 이는 6.67년 정도의 시간으로, 나의 전체 인생의 23%에 육박한다. 즉 나는 내 인생의 4분의 1을 바로 이 가로 1미터, 세로 2미터의 직육면체 물체 위에 딱 달라붙어서 보낸 것이다. 내 인생에 이보다 더 오랜 시간 몸을 부대낀 존재가 있을까?

원목 침대는 1미터 크기의 8살 꼬맹이 시절부터 1.6배 자란 지금까지 나의 수많은 밤을 견뎌 내 주었다. 하지만 자라난 나의 육체만큼 생각과 고민들도 더 거대해졌고 무거워졌다. 7,305일의 밤마다 조금씩 자라나는 나를 견뎌 내며 원목 침대는 무엇으로든 변했고, 어디로든 나를 데려가 주었다.

가끔씩 이 딱딱한 원목 침대는 하늘 위를 두둥실 나는 구름으로 변한다. 그런 날은 보통 기분 좋게 술을 마신 날이다. 침대의 절반만 하던 때에는 가벼운 몸무게 탓인지 별일이 아닌 날에도 밤마다 두둥실 하늘을 날곤 했다. 쿵쾅거리는 마음을 붙잡고 잠에 들던 소풍 전날에도, 아침에 일어나면 머리맡에 놓여 있을 선물을 끝까지 모르쇠할 부모님을 기다리던 크리스마스 전날에도, 처음으로 내가 좋아한 사람이 사실 그도 나를 좋아한다고 고백하던 날에도 그랬다. 그런 밤에 원목 침대는 어디로든 세상에서 가장 행복한 곳으로 날아가 주었고, 아침이 되면 다시 내 방으로 데려다주었다.

나이가 들수록 원목 침대는 폭신한 구름보다는 한없이 침연하는 검정색 바닷물처럼 변하는 날이 많아졌다. 나를 집어삼킬 집채만 한 파도를 만들진 않지만, 서서히 목끝까지 차올라서 끝내 두 눈을 뜨게 만들어 버린다. 그런 날에는 쉽게 다시 잠이 들지 못한다. 침대는 나를 어디로도 데려가지 못한 채 고여 버려서 나의 내면으로만 파고들게 만든다. 후회와 그리움이 쌓이고 곪아 썩어 버린다. 그때 내가 왜 그랬을까, 그때 만약 이렇게 했더라면, 그때 다르게 말했더라면, 그때 더 잘했더라면…. 아무런 힘이 없는 맘도는 후회들을 내뱉지도 못한 채 잔뜩 입안에 머금는다. 이 밤이 빨리 지나가길 기다리다 보면 결국엔 잠이 들어 버린다. 하지만 차라리 잠이 들지 않았으면, 싶을 정도로 가장 끔찍한 곳으로 나를 데려간다.

나의 원목 침대는 매일 밤 타임머신처럼 시공간의 좌표를 그 어디로 찍어도 그곳으로 데려가 주었다. 그리고 나의 의식의 좌표를 그 누구로 찍어도 그 존재가 될 수 있도록 해 주었다. 그렇게 밤새 어디로든, 누구로든 다녀오고 나면 경박하게 울리는 아침 6시 알람 소리에 깨어난다. 그리고 다시 이곳 나의 방으로, 나의 침대로, 지금의 나로 되돌아오게 된다. 원목 침대는 전날 내가 어떤 하루를 보냈던 간에, 간밤에 어디로든 데려가서 콧바람을 쐬게 해 주고 다시 새로운 하루를 시작할 수 있게 해 주었다.

그렇게 또 별다를 것 없는 하루가 펼쳐진다. 침대에서 일어나 창문을 열고 새벽 공기를 한 모금 들이쉰다. 어제의 일들은 간밤의 꿈으로, 남은 찌꺼기들은 창밖으로 모두 환기시킨다. 그리고 방문을 열고 나의 가족이 있는 집으로, 또 나의 일과 사람들이 있는 바깥세상으로 나아간다. 그곳에서 어김없이 수많은 말과 글과 냄새와 생각들을 강요받을 것이다. 넘치는 자극들을 미처 다 소화하지도 못한 채 온몸에 덕지덕지 붙여서 밤이 되면 다시 방문을 열고 이곳 나의 방으로 되돌아온다. 그리고 다시 차를 마시고, 책상에 앉아 멍을 때리고, 침대에 누워 뒹굴거린다. 어떤 자극들은 탈탈 털어 창밖으로 던져 버릴 것이고, 어떤 것들은 고이 간직해 그날 밤 침대에 누워 다시 회상할 것이다. 그렇게 또 다른 하루를 살아갈 준비를 할 것이다.

이곳은 28년 연식의 '나'라는 자동차의 지정 주차 자리이며, 세차장이다. 이곳은 나의 머무를 곳이며, 나의 충전소이다. 이곳은 나의 상처이자 나의 정체성이다.

그렇기에 나는 내가 매일같이 머무는 나의 방, 그 이상도 그 이하도 아니다.

— 내 방 여행하기 끝

06

표정 없는
농담

솔직히 말하면 나는 대체적으론 철이 덜 든, 예전과 다름없는
이런 내 모습이 그럭저럭 마음에 든다.

저기 선배, 혹시 어젯밤
제가 실수하지는 않았나요?

위대성

신입생 환영회였다.

스물둘. 무려 삼수 끝에 대학에 들어간 나로서는 이 자리가 감개무량했다. 촌스러움이 묻어날까 며칠 전부터 바지 하나, 셔츠 하나 참 신중히 골랐다. 아마 당일에는 헤어 스타일링에만 30분은 쏟아부었을 테다. 남들보다 늦은 만큼, 기분 좋게 시작하고 싶었다.

신입생 환영회는 뻔했다. 어색하기 그지없는 오리엔테이션을 끝내고 술자리가 이어졌다. 나는 1차까지는 나이 두 살 더 먹은 것이 쑥스러워 말수를 조금 줄였다. 남중 남고 출신이다 보니 여자들이 많은 자리에서 대화가 서툰 것도 있었고, 우리 테이블에는 무려 군대도 다녀온 20대 중반의 복학생 선배들도 있었다. 선배들은 열심히 고개만 끄덕이던 신입생들에게 한껏 훈화 말씀을 하고 있었다. 옆자리에서 많은 사람이 어깨춤을 추며 술 게임을 하던 것과 대조되는 장면이었다.

2007년 2월, 신촌의 겨울밤은 생각보다 밝았다. 어느덧 시간은 자정을 앞두고 있었지만 20대의 우리는 참 명랑했다. 뭐가 그렇게 웃길까? 깔깔대는 웃음소리, 술 벌칙에 걸린 불운한 자의 비명, 좋은 날에 왜들 저러는지 핏대를 올려 가며 쏟아 내는 고함까지. 찬찬히 돌아보면 참 재미있는 아수라장이었다. 풋풋한 어린 친구들이 한데 어우러져 만들어 내는, 날것의 즉흥 연주였다. 여기까지는 잔잔한 미소를 지으며 회상할 수 있다.

문제는 4차였다. 이미 취할 대로 취한 자리였기에 모두 텐션이 높았고, 누가 무슨 얘기를 꺼내도 웃고 떠들다가 다 같이 한 잔씩 들이켰다. 어차피 대부분은 스스로의 주량이 얼마인지 정확히 아는 바가 없었고, 취하면 자취방에서 재워 주겠다는 선배들이 옆자리에 즐비했다. 나 역시 차후의 일을 고민할 바에야 이 밤의 흥취를 한껏 즐기고 싶었다.

그리고 평생 잊히지 않을 짧고 타이트한 원피스가 등장했다.

부끄럽게도 신입생 환영회를 떠올리면 항상 이 장면이 첫 번째였다. 선배가 입은 옷은 어지간한 몸매는 소화하기 힘든 몸에 착 달라붙는 원피스였다. 원피스는 당시 유행하던 볼드 스트라이프 패턴으로, 검고 하얀 선들이 가로로 층층이 들어서 있었는데, 경상도에서 올라온 촌놈에게는 꽤나 강렬한 인상이었다. 아니, 정신을 번쩍 들게 했다. 그저 평화롭게 웃고 떠들고 마시고 있었는데 살짝 마음을 놓은 촌놈은 순식간에 다시 한 번 긴장감을 맞이했다.

선배가 내 옆자리에 앉았다. 메인 테이블과는 떨어진, 어쩌면 방치된 섬이었던 공간에서 나와 선배 그리고 다른 동기 둘이 마주 보고 앉아 웃음꽃을 피웠다. 시끄러운 선배들과도 멀어지고, 예쁜 선배와 마음 맞고 끌리는 친구들끼리 얘기하니 참 신났던 것 같다. 아니 잠깐, 무슨 얘기를 했는지 전혀 기억이 나지 않는다. 분명 그 전보다 더 크게 웃고 떠들었고 술도 훨씬 더 많이 마셨다. 아무래도 주제는 중요하지 않았나 보다.

그래, 중요한 것은 선배의 원피스가 자꾸 올라가고 있었단 거다. 건배를 외치고, 리액션이 커지면서, 그러지 않아도 짧았던 치맛단이 자꾸 올라갔다. 이처럼 아름답고 뇌쇄적인 선배가 옆에 앉은 것만으로도 설레는데, 허벅다리가 슬슬 보이기 시작하니 어쩔 줄을 몰랐다. 내게는 너무 가혹한 고혹미였다.

순간 이러면 안 된다는 생각이 머리를 스쳤다. 그래, 이러면 안 된다. 내 소중한 대학 생활이 걸려 있다. 여기서 선배가 실수하면, 같이 있던 나도 욕을 먹을 테다. 저 한없이 올라가는 치맛단을 내려야 한다. 저 치맛단이 더 올라가면 민망한 상황이 연출될 테다. 선배는 얼마나 민망할까? 불상사가 생기기 전에 막아야 한다. 저 치맛단을 내려야만 한다! 이 잔을 마시고 무슨 수라도 써야겠다. 우선 건배!

그리고 눈을 떴다.

기숙사 천장이 나를 반겼다. 언제 해가 떴는지 벌써 방에는 빛이 들어왔다. 아이고, 머리야. 숙취가 몰려왔다. 화장실도 다녀오고 해장도 해야 했다. 삼수 끝의 캠퍼스 라이프라고 너무 신낸 것은 아닌지 모르겠다. 그래도 어제 참 재밌었는데. 피식 웃으면서 자리에서 일어났다. 아니, 잠깐, 잠깐만. 내가 여길 어떻게 들어왔지? 아니 이게 중요한 게 아니다.

"맙소사, 내가 어제 뭘 한 거지?"

가슴이 철렁했다. 미치겠다. 이보다 미칠 것 같은 순간이 있을까? 내 마지막 기억은 선배의 치마를 손수 내려 주려는 가당찮은 계획이었다. 세상에. 정말 가당찮다. 만 7세 미만의 영유아가 아닌 이상, 남자가 그 계획을 실행에 옮겼을 때는 혹독한 사회적 처벌이 기다리고 있음은 명백했다. 마침내 삼수를 끝내고 입학한 대학교의 첫날이, 마지막 날이 될지도 모른다는 무서운 생각이 엄습했다. 오, 하느님, 살려 주세요.

오전을 내내 앓았다. 언제 저장했는지 모를 선배의 번호로 몇 번이나 전화를 했을까? 머릿속에는 끝없는 상상의 나래가 펼쳐졌다. 한 번씩 읽었던 사회 면 뉴스들이 떠올랐다. 어머니께 죄송하다고, 사수한다는 말씀을 드려야 하나. 결국 못 참고 문자 메시지를 남겼다.

"저기 선배, 혹시 어젯밤 제가 실수하지는 않았나요?"

물론 그날은 아무 일도 없었다. 점심이 넘어 통화가 된 선배는

깔깔 웃으며 기억도 나지 않는다고 했다. 동기들에게도 물어보니 별 해프닝 없이, 그저 잘 놀고, 잘 먹고, 잘 마시다 귀가했다고 했다. 물론 나는 인사불성이었는데, 같은 기숙사에 살던 선배가 부축하면서 데려다주었다고 한다.

블랙아웃의 공포를 맛본 지옥의 6시간, 그날을 기억한다. 지금이야 웃으면서 얘기할 수 있지만, 어찌나 떨었던지. 아찔하다. 정말 아찔하다.

가끔 어른 여자가
되고 싶을 때가 있다

민수연

어른 여자가 된다는 것은 주민등록상 어른인 것과는 전적으로 다른 얘기다. 내적으로 어떤 경지에 도달한 성숙하고 자애로운 여인에 대한 얘기도 아니다. 나에게 있어 어른 여자는 어딘가 쉽게 다가가기 어려운 고고한 이미지를 지닌, 실크로 된 가운을 걸치고 창밖을 내다보며 검붉은 와인 한 잔을 마신 후 옅게 한숨을 내쉴 것 같은 사람이다.

스스로 그런 느낌에 간신히 닿았다고 느낄 때는 혼자서 차를 운전할 때 정도다. 나는 아마추어처럼 보이는 것이 싫어 초보 때부터 한 손으로 차를 모는 연습을 해 왔다. 해 질 녘 그루브한 팝송을 틀고 강변을 따라 한 손으로 핸들을 돌릴 때면⋯ 크! 그때만큼 스스로에게 취하는 순간도 없다. 엄마에게 물려받은 2013년식 프라이드를 몰며 뭐 그렇게까지 폼 잡느냐고 생각할 수도 있겠지만 내게 운전은, 그것도 여유로운 한 손 드라이빙은 일상에 몇 안 되는 분명한 어른의 순간이다.

그러나 아쉽게도 내겐 어른 여자가 되는 데 있어 치명적 결함이 있다. 당신은 고급스러운 바에서 무알코올 모히토를 시키는 어른 여자를 본 일이 있는가? 턱선으로 아슬하게 떨어지는 단발에 화려하진 않지만 어딘가 시선을 끄는 착장의 어른 여자는 피치 크러쉬 같은 유치한 음료는 시키지 않는다. 어른 여자—혹은 어른 남자—들은 그들만의 시그니처 드링크를 마신다. 태초에 제임스 본드에게 마티니가 있었고, 하루키는 진 토닉을 즐겨 마신다. 넷플릭스 시리즈 〈그레이스 앤 프랭키〉 속 주인공 그레이스의 시그니처 역시 생올리브를 두 개 곁들인 드라이 마티니다.

반면에 나는 시그니처 드링크는커녕 음주에 영 젬병이다. 체질적으로 술이 잘 안 받고, 술 마시는 것 자체를 좋아하지 않는다. (정확히는 점차 그렇게 되었다.) 물론 아예 술을 못하는 것은 아니다. 20대 때는 치기로 술을 들이부었고, 필름이 끊길 때까지 마셔 본 적도 있다. 술을 멀리하기 시작한 결정적 원인은 나와 술의 만남이 그다지 어른스럽지 않았다는 데 있다. 나는 맥주 한 잔에도 얼굴이 새빨갛게, 그것도 버짐이 피듯 얼굴 곳곳에 볼썽사나운 붉은 반점이 올라온다. 체감하기에 다음 날의 숙취도 남들보다 심한 편이다.

술을 마시고 난 다음 날 변기를 붙잡고 있는 시간이 길어지고, 저녁 무렵 마신 흑맥주 몇 잔에 심장이 쿵쾅거려 쉬이 잠들지 못하는 일들이 잦아지면 누구든 점점 더 술을 멀리하게 될 것이다.

덕분에 삶은 더 건강해졌지만 그만큼 어른 여자와의 거리감도 멀어졌다. 특히 체리가 알알이 수놓인 수면 잠옷을 입고 제로콜라를 마시며 해리포터를 봤던 지난 연말엔, 내가 정말 서른을 목전에 둔 사람이 맞나, 마지막 20대의 모습이 진정 이래도 되는 걸까 하는 생각을 아주 잠깐 했더랬다.

누군가 그랬다. 술맛을 알 때 진정한 어른이 된 것이라고. 어쩌면 나는 평생을 어리게 살 운명을 타고난 것일지도 모른다! (거듭 말하지만, 이것은 실제 나이나 겉모습에 대한 얘기가 아니다.) 그런데 솔직히 말하면 나는 대체적으론 철이 덜 든, 예전과 다름없는 이런 내 모습이 그럭저럭 마음에 든다. 시종일관 폼을 잡는 것은 사실 내 스타일이 아니다. 다만 커피도 매일 심심한 아메리카노만 마시면 가끔 달달한 라떼가 당기듯, 나 역시 때때로 '그냥 나'에서 이상 속 '어른 여자'가 되어 보고 싶은 마음이 드는 것이다.

그러니 방송 및 영화 관계자들이여, 무알코올 모히토나 2도 미만의 저알코올 맥주를 자신의 시그니처 드링크로 삼는 멋진 어른 여자의 모습을 담은 콘텐츠를 한 번쯤은 고려해 달라. (최근 여러 맥주 브랜드들에서 다양한 저알코올 맥주를 출시 중이니 PPL에도 도움이 될 것이다.) 아니, 생각해 보면 시그니처 드링크가 꼭 술일 필요도 없겠다. 상상해 보라. 고급 펜트하우스에서 한강을 바라보며 각 얼음 두 개를 넣은 포도 주스 혹은 따뜻한 생강차를 마시는 어른 여자의 모습을. (이때 꼭 미간을 찡그려 줘야 한다.) 어떤가, 상상만으로도 새롭지 않은가?

오지선다형 인재

나에게는 평범하다기에는 확실히 특별하고, 그렇다고 자랑하기에는 결과가 훌륭하지 않은 재능이 있다. 바로 오지선다형 문제를 기가 막히게 잘 풀어내는 능력이다. 이 능력은 공부 못하는 친구들 중에서 가장 공부를 잘할 수 있었던 이유이자, 늦게나마 공부를 시작했을 때 가파른 상승 곡선을 그릴 수 있었던 배경이다. 술자리에서 학창 시절과 관련한 주제가 나오면 꼭 한 번씩 생각나는 그런 이야기다.

나는 꽤 재능이 있었다. 분명하다. 성적표만 보고 그저 공부를 잘했다기에는 나 자신을 꽤 잘 아는 편이었다. 나는 아예 공부해 본 적 없는 문제와 보기라도 오지선다형이기만 하면 꽤나 높은 확률로 정답을 찾아내곤 했다. 이는 살짝 아리송한 문제들에 더 효과적이었는데, 그러니까 소거법으로 두세 문항만이라도 걸러 낼 수 있다면, 그 문제는 정말 매우 매우 높은 확률로 맞출 수 있었다.

열등생이던 시절 국어나 언어 시험의 경우 시간에 쫓겨 지문을 스킵하고 문제만 푼 적이 많았는데, 그렇게 푼 문제들은 체감상 정답률이 오할은 넘었던 것 같다. 한 번은 한 글자도 읽어 본 적 없는 정치 시험에서 무려 76점을 받았다. 아무리 생각해도 그저 운이라 치부할 수는 없었다.

오지선다형의 경우 정답과 오답 사이에는 분명한 간극이 있다. 단어만 적혀 있다면 그 차이를 찾기 힘들지만, 조금이라도 문장을 만들어 길게 서술되면 그 묘한 차이가 드러난다. 어떤 단어를 썼느냐부터 어감, 조사의 선택, 문장 내 단어의 배열 등이 묘한 메시지를 던지곤 했다. 1번 보기부터 찬찬히 문장을 살펴보면 정답이 "여기예요, 여기!" 하며 손을 흔들고 있다. 그런 정답들은 아무리 봐도 억지로 만들어진 문장 또는 깨끗하게 완성되어 있는 문장이었다.

주입식 교육의 본산인 한국에서 이건 정말이지, 훌륭한 재능이었다. 확실히 오로지 시험, 그것도 수능만을 바라보는 공부를 한다면 가히 극한의 효율성이라 할 만했다. 나는 고등학교 3학년, 수험생이라는 타이틀을 달고서야 비로소 공부를 시작했는데, 이야 웬걸! 늦게 시작한 공부는 엄청나게 재밌었다. 비록 시작이 늦어 조금은 부족하더라도, 나에게는 비장의 무기가 절체절명의 순간 해결사로 나타났다. 어찌나 재밌던지! 한 달에 두 번 정도 있는 모의고사를 손꼽아 기다리고는 했다. 세상에나!

물론 지금은 아무 짝에도 쓸모가 없다. 대학을 졸업한 이후부터는 정말이지, 쓸데없는 재능이 되고 말았다. 사업을 시작한 이후부터는 더더욱. 나 스스로 길을 찾고 길을 내야만 하는 세상이라니. 무에서 유를 창조하는 일은 고달프다. 주어진 선택지 가운데 고르는 것은 아주 자신있는데 말이다. 참 야속하고 속상하다.

EPILOGUE.

나체 해변에서는
옷을 걸치고 있으면 이상하다.

그들은 매주 일요일 아침 열 시마다 나체 해변에 모였다. 네 명이
모두 모이면 한 명씩 차례를 정해서 옷을 벗기 시작한다. 그리고 나
머지 세 명은 벗겨진 이의 몸을 찬찬히 들여다보며 피드백을 한다.

"아, 왼쪽 팔꿈치 부분이 굉장히 인상깊네요."

"저번에 보여 주신 허벅지보다 좀 더 각질이 일어났어요."

"세상에, 등에 등드름이 났어요!"

처음부터 나체 해변은 아니었다. 그들 네 명은 애매한 사이여
서, 한 번도 본 적이 없는 사람도 있고 매우 절친한 사람도 있었
다. 즉 다양한 콤비네이션의 조합이었다. 매주 모여서 진솔한 나
체를 보자며 시작했지만, 완전한 나체 해변이 되기까지는 몇 주
간의 눈치 게임을 해야 했다. 맨 처음 그들은 슬슬 옷을 벗는 척을
했다. 딱 괜찮은 수준까지는 꽤 쿨하게 벗는다. 겉옷과 양말쯤은
벗어던지고, 그 안에 입은 상의와 하의를 벗을 땐 센 척을 하며 벗
는다. 그래, 벗으려고 나체 해변에 온 거니까, 이 정도는 내가 보여
줄 수 있지! 문제는 속옷만이 남았을 때이다. 누가 먼저 벗을까?
뭐부터 벗어야 하지? 아니, 진짜 벗어도 되나?

우리는 코로나 시국이 한창이던 2020년 11월부터 2021년 7월까지, 매주 각자 자신의 가장 진솔한 얘기를 한 편씩 쓴 뒤 오전 10시마다 줌으로 만났다. 그러나 매주 한 편씩 진솔한 글을 쓰고 그것을 공유한다는 건 말처럼 쉬운 일이 아니었다. 어디까지 드러낼 것이며, 누가 먼저 드러낼 것인가. 이것은 보이지 않는 자존심의 문제이고, 눈치 게임이며, 적당함을 아는 어른의 사회성이 발휘되어야 하는 일이었다.

나체 해변에서는 옷을 걸치고 있으면 이상하다. 옷을 다 벗고 있지 않으면 탄로가 나기 십상이다. 저 사람, 무언가를 가리고 있다! 이것을 직감적으로 알 수 있기 때문이다.

고작 9개월 동안 이루어진 이 모임의 그 둑이 언제 무너졌는지는 정확히 기억이 나지 않는다. 다만 어느 순간부터 우리는 나체 해변에 누워 있었고, 그것은 매우 당연한 일이 되어 있었다.

'나의 나체를 바라보는 타인의 시선' 문제는 점차 '스스로의 벗은 모습을 견뎌 낼 힘'의 문제로 번져 나갔다. 정작 두려워한 것은 본인의 나체를 바라볼 타인의 시선보다도 스스로 본인의 나체를 바라보는 것이었다. 우리는 좀처럼 스스로의 나체를 바라보지 못했다. 가장 깊숙한 곳에 곪아 있는 상처를 살펴보고 치료하려고 하기보다는, 옷으로 덮어 낸 채 괜찮은 척하는 사람들이었던 것이다.

글쓰기는 시간이 지날수록 더 어렵게만 느껴졌다. 그것은 산소통을 메지도 않은 채 내면으로 다이빙해 들어가서 뭐라도 집어 들고 올라와야 하는 일의 반복이었다. 그럼에도 불구하고 매주 단 한 편의 글을 써내기 위해 짬짬이 시간이 내서 내면으로 다이빙해 들어가면 뭐라도 손에 잡아 들고 올라올 수 있었다. 그것은 주로 돌멩이였고, 가끔은 소라였으며, 운이 좋으면 전복이었다.

그런 이유에서 돌이켜 이 시간들에 의미를 부여해 보자면 그것은 매주 일요일 아침 열 시부터 열두 시까지, 9개월간 각자가 자신의 나체를 들여다보는 시간이었다. 우리는 서로의 가장 친한 친구들과, 자신의 가족에게도 말하지 못했던 마음속 깊숙한 곳의 얘기들을 꺼내 보이는 관계를 맺기도 했지만, 그것을 넘어서 더 나은 '나'와의 관계를 맺는 시간을 가질 수 있었다.

또 누군가가 나체 해변에 가자고 한다면 이제는 좀 더 익숙하게, 자연스럽게 그곳을 즐길 수 있을 것 같다. 우리에게 이 모임은 또 하루를 살아가게 하는 대화였다. 정답은 없었다. 당신도 꼭 경험해 보았으면 좋겠다. 나체 해변이라는 거 사실 별거 아니다. 얼마나 후련하고 시원한지 모른다.

그러나 꼭 당부하고 싶은 말은 이토록 솔직한 속마음들을 꺼내 보았으니 나는 당신에 대해 꽤 잘 알아요, 라고 말하는 것은 불편하다는 것이다. 상대방의 나체를 보았다고 해서 그 사람을 잘 안다고 판단하지는 말자. 당신은 아직도 나를 잘 모르고 나는 당신을 잘 모른다.

호모삐딱쿠스

발행 2021년 11월 22일

지은이 위대성 민수연 이인상 이희수
편집 이병철
디자인 페이지엔 김민영
내지 일러스트 어진 @6h53m
펴낸이 정원우
펴낸곳 어깨 위 망원경

출판등록 2021년 7월 6일 (제2021-00220호)
주소 서울시 강남구 강남대로 118길 24 3층
이메일 won@egowriting.com

ISBN 979-11-975921-0-2 03800